金融再生請負人

フィンテックバンカー奮闘記

山本貴之

株式会社きんざい

金融再生請負人

フィンテックバンカー奮闘記

金融再生請負人
フィンテックバンカー奮闘記―目次

【主な登場人物】

《主人公とうみはま銀行のスタッフほか》

星沢健介：主人公。静岡県浜松市出身。地元の大学工学部卒業後、浜松の地方銀行うみはま銀行に入行して五年目。本店営業部、後に企画室勤務。銀行が業績不振に陥り競合地銀から買収攻勢を受ける中、自立再建を目指しＡＩフィンテックを活用した新戦略を掲げて奮闘する。

青山夏美：主人公の小中学校の同級生で憧れの存在。うみはま銀行の入行同期。星沢の良き相談相手となり、地域密着型の新事業モデルに挑戦し再建を手伝う。

原口友彦：主人公の小中高校の同級生。うみはま銀行の入行同期。情報通だが星沢の仕事を時々邪魔する。

白木豊：主人公の中高校の同級生。うみはま銀行の入行同期。勉強家だが、原口と組んで星沢を批判する。

黒岩大三郎：うみはま銀行の入行同期。システムのプロ。星沢の良き相談相手。

細川万作：うみはま銀行営業部次長。後に企画室長となり星沢の上司になる。銀行再建を担うチームのリーダー。

小早川まどか：うみはま銀行営業部課長代理、後に企画室長代理。星沢の良き理解者で親身に指導する。二児の母で夫は税理士。

桑田登：うみはま銀行営業部課長。星沢の営業部時代のパワハラ系上司。銀行の古い営業スタイルの体現者。
本間係長：うみはま銀行営業部の先輩。やさぐれ遊び人風の一風変わった銀行員。
芝崎主任：うみはま銀行営業部の先輩。ブランド大好き。ダンディなエリート風銀行員。
吹石奈美：主人公の大学、銀行営業部の後輩。いつも元気いっぱいな頑張り屋。システムに強い。
朝月マリ：シンガポール帰りのファンドマネジャー。経営コンサルタントとしてうみはま銀行の再建を引き受ける。先鋭的な合理主義者でセレブ美魔女。
上条徹：官僚出身の経営コンサルタント。インド伝統医学に造詣が深く、通称ヨガ仙人。難局打開の切り札となる。
雪森進：IT企業社長。業界の実力者だが大の銀行嫌い。うみはま銀行のDX戦略を後押しする。
氷室麻衣子：うみはま銀行の診療所の女性医師。アンニュイでハスキーボイスの持ち主。夫は放射線科医。
佐々木涼太：主人公の小中高校の同級生。本州ガスの経営企画室に勤務。星沢の貴重な情報源。
ビッキー（VICKY）：うみはま銀行の白猫のマスコット。

《うみはま銀行の経営陣ほか》
浅沼恵三：うみはま銀行会長。
花村雄一郎：うみはま銀行頭取。
川中信吾：うみはま銀行専務兼管理本部長。
桐島和人：中日本銀行副頭取。

この作品はフィクションであり、
実在する人物や企業・団体等とは一切関係ありません。

第一章　プロローグ

1

よく晴れた初夏の日の午後だった。

青く澄んだ空から透き通った陽光が降り注ぎ、浜松の街全体が鮮やかに輝いて見えた。

コットンのつば広の帽子をとると少し汗ばんだ額にさわやかな涼風が心地よくそよいでいる。隣に立つ母の白いうなじにかすかに汗がにじんでいるのが見えた。

母に連れられて友達の誕生日会に持っていく贈り物をデパートで買った帰りだった。

駅前のバス停で二人並んでバスを待っていると、紺色の背広を着た白髪まじりの紳士がにこやかな笑みを浮かべて近づいてきた。角張った顔に黒ぶちの四角い眼鏡をかけている。胸に、青い海波と白い砂丘をかたどった行章が入った小さなバッジが光っていた。

「ぼく、いくつ？」

年配の男性の問いかけに、怪訝な顔をして母を見つめると、母が答えなさいというふうに目で促した。

「五つ」

男の人はうなずいて、手に提げた紙袋からビニールに入った柔らかな樹脂でできた人形を取り出した。よく見ると耳がピンと立って白いひげが生えた猫の形をしている。

「これ、うちの銀行のマスコット。白猫のビッキーっていうの。貯金箱にもなるよ。開業五年目の記念品ということで、皆さんにお配りしています」

再び、母を見上げると、

「健介《けんすけ》、いただいたら」

そう言って、母は男の人に向かって「すみません」と頭を下げた。

「おじさん、ありがとう」

慌てて言うと、男性は、人形をぼくに手渡し軽く会釈を返して、バス停の前にある灰色のどっしりとした構えのビルに入っていった。

見上げると、ビルの正面玄関の上になめらかに流れるような青い文字で『うみはま銀行』と大きく記されている。

その時もらった猫のビッキーは、今は自宅の本棚の隅にちょこんと座っている。ひと頃行方不明だったが、最近ガラクタを整理したら、ガンダムの模型やミニカーと一緒に出てきた。時々頭をなでてやるが、いつも澄まして涼しい顔をしている。ま、人形だから仕方がないけどね。


『銀行』といえば、こんなことがあった。

小学校二年生の三学期の始業式の日だったと思う。

まだ冬休み気分が抜けない生徒たちに、帰り際のホームルームで、担任の先生が声をかけた。

「お雑煮は美味しかったかな？　お年玉をもらった人もいるようだね。みんな、無駄遣いしちゃダメだよ」

たまたま先生と目が合ってしまったぼくは、なにか答えなくてはと思って、どぎまぎして下を向いた。実は、欲しかったテレビゲームのソフトを正月に買ってもらっていた。すると、隣の席に座る背の高い髪の長い女の子がいきなり手を挙げた。

「お、青山《あおやま》か、どうした？」

「はい、全部銀行に貯金しました」

すっと背筋の伸びた女の子の、鼻筋の通った色白の横顔がオリンピック選手みたいに光り輝いてみえた。

「貯金？　ふーん」

そのときは、貯金の意味はよくわからなかった。銀行は、預けたお金をどんどん増やしてくれるとてもありがたい存在なのかなと勝手に想像していた。


銀行のビジネスの仕組みがはっきりとわかったのは、就職活動の準備のため先輩を訪問し始めた頃だ。「漫画でわかる金融のすべて」という本をネットで買って読んだ。銀行は集めた預金に金利をつけて企業や個人に貸している。

（そうだったのか！）

ぼくは、大学卒業間際になって初めてこのことを知った。つまり社会常識において、どうしようもないほど出遅れていたということだ。

2

そんなぼくが、『うみはま銀行』に就職した。

大学は理系だったから、地元の自動車やオートバイメーカーの採用試験も受けていた。でも、最初に内定をくれたのはうみはま銀行だった。両親は安定したお堅い職場と喜んでくれた。あとで父が教えてくれたけれど、うみはま銀行は、昔は浜松相互銀行、略称『浜相《はまそう》』と呼ばれていたらしい。祖父が経営していた町工場もそこからお金を借りていたそうだ。その『浜相』が昭和から平成になる頃に『うみはま銀行』と名前を変えて相互銀行から普通銀行に転換した。ちょうどぼくが生まれた頃だ。このタイプの銀行を第二地銀というのもネットで買った本から得た知識だった。

ところで、その銀行の入行式で、ささやかな事件があった。

生まれ育った土地の地方銀行の入行式なので、高校の同級生とかに会うかもしれないと、ぼくはちょっと緊張しながら、ひそかに期待もしていた。

控室は、遠州灘に昇る日の出を描いた大きな油絵が壁に架けられた広い会議室で、距離をあけて事務椅子が整然と並べられていた。中に入って何気なく見回すと、十数人いる新人の中で知っている顔は一人もいなかった。少し失望したが、安堵する気持ちも半分ぐらいあった。ところが、あとで気づいたのだが、実は控室は三か所に分かれていた。

入行式を行う講堂に入って待っていると、黒いスーツに白いブラウス姿の女子が何人か入ってきた。さっと目で追って、あっと驚いた。その中に、あの小学二年の始業式の日に隣に座っていた背の高い女の子がいたからだ。青山夏美《なつみ》だ。

小学校、中学校と同じクラスだったけれど、高校は分かれてしまった。インターハイの全国大会で、走高跳で入賞したという記事を地元の新聞で見たことがある。その後、風の便りに東京の私大に行ったと聞いていた。なぜか急に顔が火照って慌てて目を合わせないようにした。

積極的で社交的、友達が多くて勉強もスポーツもできる正統派美少女。ちょっと気にかかるけど、近寄りがたい。やや苦手なタイプの女の子だった。

「おお、健介じゃないか。久しぶり」

少しうつむき加減にしていると、いきなり肩をたたかれた。

原口友彦《はらぐちともひこ》だ。小中高の同級生。やはり東京の私大に行ったけれど、ときどき地元の飲み会で顔を合わせた。前回会ったときはぼさぼさの茶髪だったのに、今日は銀行員らしく髪を黒く戻して短く刈っている。

「ああ、久しぶり」

どうしても気のない返事になる。この男も、昔から苦手だった。調子のいいときは威張り、不調になるとすぐに卑屈になって他人を羨むタイプだ。でも、銀行同期の中で数少ない知り合いの一人だし、なんといっても情報通だから、ひとまず大事にしよう。

「白木《しらき》もいるぜ」

「え。白木も？」

白木豊《ゆたか》も、中高の同級生だ。色白で背が低くて小太り。一見凡人風に装っているが、実はがり勉タイプの秀才。悪い奴ではないが、ちょっと癖がある。真面目な勉強家だけれど、その真面目さを人に強要するところが鬱陶《うっとう》しい。自分の意見を主張せずにのんびり構えていると（ぼくのことだけど）、完全に無視される。頑張って名古屋の国立大に行ったと聞いていた。

「で、青山夏美には挨拶した？」

「いや」

「驚いたよな。彼女、東京でマスコミ志望と聞いていたけどな。まさか地元の銀行に戻ってくるなんてね」

「へえ、そうなんだ」

中途半端に相槌を打つと、原口の失笑を買った。お前、なんにも知らないんだな、と顔に書いてある。まあ、仕方ない。昔から引っ込み思案で情報網の外にいた。

入行式で並んだ総合職の同期の数を数えた。二十五人ぐらい。そのうち女子は八人だった。入社案内で見たうみはま銀行の従業員数は千百人ぐらいだったから、平均的な採用人数なのかもしれない。ちょうど列の反対側で見えないが、このほかに事務職で十数名の採用があると、原口が先輩から聞いた情報を教えてくれた。

仕立てのよい背広を着た恰幅のいい年配の男性がやってきて、訓示を始めた。

花村雄一郎《はなむらゆういちろう》頭取だ。

「わが行は地域のお客様のニーズをきちんとキャッチし…」

緊張して立って聞いているせいか、しばらくしたら頭がぼうっとして疲れてきた。

声の調子に抑揚がない上に、話す内容も抽象的でよくわからない。

「人材こそわが行の根幹をなすものである。フレッシュな君たちに大いに期待したい」

ようやく終わった。


夜は、浜松駅前にある銀行の本店から歩いてすぐの小綺麗な割烹《かっぽう》の店に行った。駅の裏手にあるビルの一角だが、門構えの脇に塩が盛ってあり、水を打った敷石を歩いて中に入ると、和服を着た仲居さんが笑顔で丁重に出迎えてくれた。社会人になって、ちょっと偉くなった気分だ。そこの二階座敷が、新入行員の歓迎会の会場である。

「星沢君て、大学は浜松で、しかも理系なんだ」

人事部長の挨拶の後、歓談となり、隣にいる髪の毛をいまどき珍しい七三に分けた銀縁眼鏡の男に声をかけられた。胸ポケットに挟んだ名札に黒岩大三郎《くろいわだいさぶろう》と書いてある。

いかつい名前の割には、ちょっとやせ型の神経質そうなタイプだ。

「はい、経済工学専攻です」

その必要もないのに、敬語を使ってしまった。

「経済工学ってなにをやるの？」

「世の中の経済的な課題を、数式などを使って分析し解決を目指します」

入社面接で何度も使ったフレーズだから、すぐにすらすらと出てくる。

「ふーん。で、四年生で卒業したんだ」

ぼくはうなずいた。だいたい世の中の理系は六年間大学に行く人が多いのに、なんでお前は四年で卒業して、しかもお門違いの銀行に入行したのだ？　この手の素朴な疑問をぶつけられることにはもう慣れている。しかし、同じ答を返すのにも飽きてきた。まさか、勉強はあまり好きじゃないから、とも答えられない。

「で、黒岩君は？」

「ぼくは、システム工学専攻で神戸出身」

小声で申し訳なさそうに答えた。

（なーんだ、君も同類じゃないの）

その時、スマホにラインのメールが入った。小中高の同級生の佐々木涼太《ささきりょうた》からだ。浜松の本州ガスというガス会社に今日入社していた。昔からの親友である。

「今、会社の懇親会終わった。どこか二次会行く？」

「こちらは、まだ真っ最中！」

手早く返信して前を向いた。

だいぶお酒が入って、座も少し乱れてきている。

見ると、原口が早速ビール瓶を持って、人事部長に注いでいる。上手に両手で瓶を捧げ持ち、ラベルは上向きだ。さすが、生まれつきのサラリーマンだ。

白木は、つまらなそうに、一人で料理をつまんでいる。

夏美は？　と、首を回すと会場の奥の方で、人事部の先輩女性たちと話がはずんでいるようだ。周りにいる新入女子行員たちの楽しそうな笑顔が見える。そこだけ明るく華やかな雰囲気だった。

こうして『うみはま銀行』の入行初日が過ぎていった。

第二章　危険物取扱業

1

うみはま銀行に入行して四年が経った。

最初の一年間は、本店のいろいろな部署と近隣の支店を回って、名刺の受け渡しの作法やお札の勘定の仕方から始めて、銀行業務の基礎を勉強した。それから、郊外にある新興住宅街の小さな支店に配属された。そこで三年間預金を集めたり、住宅ローンを貸し付けたり、時には投資信託のような金融商品を売ったりもした。支店のそばに大きなクリニックができて、少し金額の張った融資も経験させてもらった。

住宅街の周りに昔から住んでいる土地持ちのお年寄りたちにかわいがられて、まずまずの営業成績を上げた。そうしたら、突然本店の営業部に異動の内示をもらった。

支店の前にある満開の桜の樹から春風に吹かれて花びらがひらひらと舞っている。

異動日の朝、まだ若いのにやたら白髪が目立つ支店長が気さくに声をかけてきた。

「星沢も、いよいよ本店だな。営業部の何課だ？」

「三課です」

「すると、非製造業だな。本州ガスとか西遠交通とかが取引先か？」

「はい、あとは海の星運輸とか、だそうです」

「あそこは、大手の自動車メーカーや楽器や電子部品の会社を担当する一課や二課が幅を利かせているが、若いうちは何事も経験だ。頑張れよ」

支店長の温かい激励の言葉に送り出されて、本店に帰ってきた。ちょっと一人前になった気分がした。


支店もそれなりに忙しかったが、本店はずっと忙しかった。朝出社して営業会議に出た後、日中はずっと得意先回りをして、夕方に戻って上司に成果を報告する。それから翌日に使う資料を作ったり、担当者同士で打ち合わせをしたりと、いつも帰宅は夜遅くになった。たまに得意先と宴席があっても、必ず会社に戻って次の仕事の準備をした。先輩たちもみんなそうしていた。特に、大きな融資案件を抱えていたり、経営が苦しい得意先を持っている先輩は、もっと遅くまで残っていた。

『働き方改革』という言葉は知っていたし、銀行の人事部からも効率的な仕事をして残業を減らそう、と指示が出ていたけれど、みんなどういうわけか一生懸命に仕事に打ち込んでいた。なんのために？　と聞かれれば、なんて答えたらよいのだろう。出世や給料のためと言われればそうかもしれないが、むしろ銀行員としての達成感を目指して！　という感じ。言い換えれば、使命感に燃えたチームワークのようなものだった。

もちろん早めに帰っても全くオーケーで、誰も小言を言ったりしなかった。つまり、職場の雰囲気の良さに加えて、みんな意気に感じて燃えていたってことかな。

本店に配属されてしばらくしてから、課の先輩たちに駅裏の大衆居酒屋に連れていかれて、いろいろと部内の人物評を聞いた。

「まず、本店営業部をたばねる菊丸《きくまる》部長だな。見たところは、ツルツル頭の年齢不詳のおじさん。一見偉そうにしているが、頭取や専務には米つきバッタのように従順で、取引先に対しても腰が低いので受けがいい。もっとも部内の顔は別で、もともと審査畑が長く、うちら部下に対しては数字を詰めまくるので結構キツイ。女性に甘く、となんでもない酒好き」

向かいに座ったやさぐれた遊び人風の本間《ほんま》係長が酔いで顔を赤く染めて語った。営業担当だが、契約手続きをサポートする総務係も受け持っている。営業部では珍しくチェック柄のボタンダウンのワイシャツを愛用。不健康というわけではないが頬が少しこけていて肌も浅黒い。この人は、昼間は仕事を飄々《ひょうひょう》とこなしているが、ひとたびアルコールが入ると途端に饒舌かつ舌鋒が鋭くなる。肉じゃがの大皿を前にして長髪の頭をぼりぼりと搔くのは、できれば止めてほしい。

「え、つまり評価としてはマイナスですか？」

「いや、可もなく不可もなく」

わかったような、わからないような答えである。

「部長はわかりましたが、課長はどんな方ですか？」

なんとなく聞くと、隣にすわったアルマーニのスーツとエルメスのネクタイで身を固めたエリートサラリーマン風の芝崎《しばさき》主任がおもむろに口を開いた。色白の端整な顔立ちだが額が広い。この二人は、いずれも三十過ぎで独身。見た目のキャラは正反対だが、意外に気が合うらしく仲が良い。かつて銀行内で昭和歌謡専門のアカペラバンドを結成して、駅南のアーケード商店街のイベントに呼ばれて喝采を浴びたという逸話の持ち主である。

「うちの桑田《くわた》課長は、一見沈着冷静な典型的銀行員。ある日突然熱血課長にもなるけれど、基本的には面倒くさがり屋。仕事も良きに計らえ、という感じ」

「それって、部下を信頼して任せている、ということですか？」

「いや、あまり仕事は好きじゃないんだよね。もちろんいい加減という意味ではないし、いざという時は、頼りになるという噂を聞いたことがあるけど、まだその機会に出会ったことはないね」

「なかなか厳しいですね」

「あ、でも判断が早いから楽だね。それと、ゲームオタクでカラオケ好き。もちろん一人カラオケだけどね」

斜め前に座る課長代理の小早川《こばやかわ》さんは、二人の話をにこやかに聞いている。昔はかなりの美人だったらしいけど、今はちょっとふくよかな肝っ玉ママ。といってもまだ三十半ばだけれど、子供が二人いる。仕事は抜群にできるとの評判だ。部下の面倒見もいいらしいが、いつも忙しそうなので、相談に乗ってもらうのが申し訳ない。趣味はパワースポット巡りと聞いたことがあるから、アウトドア派なのかな。

「忘れちゃいけないのは、うちの課の陰の実力者。ベテラン事務職の吉本《よしもと》さん。アラフォーのお姉様だけど、仕事は的確で早い。この吉本さんに気に入られないと、うちの課ではサスティナブルに仕事はできない」

え、この話が一番重要なのかもしれない。

「後は、アルバイトの二階堂《にかいどう》ちゃん。たまにスイーツを買ってあげると喜ぶ。小早川先輩の大ファンでいつも姐御と慕っている」

そう言って、芝崎主任は本間係長と顔を見合わせて笑った。

なんとなくレトロないい感じの職場みたいだな、とほろ酔い気分の頭の中で心地よくつぶやいた。

で、その翌日、吉本さんから、いきなり話しかけられた。

「本店の受付にエネルギー関係の融資の相談に見えられたお客様がいらっしゃいますけど、星沢さん、ご対応いただけますか？」

「え、ぼくがですか？」

「はい、課長以下、皆さん出払っていらっしゃるので、星沢さんにご対応いただくしかないのですけど」

「わかりました」

ぼくは、配属早々にいきなりやってきた融資相談の客に急きょ会うことになった。とりあえず特殊対応のお客ではなさそうなので、融資パンフレットを持って一般来客用の応接フロアに向かった。

応接室では、灰色に緑の縞模様の入ったジャケットを着た中年の男が足を組んで待っていた。紺のズボンの先に出た革靴の先端が土埃で白く汚れ、底も薄くすり減っている。日焼けした顔に疲労の色が漂っていたが、男は勢いよく立ち上がると名刺を差し出した。

「浜松環境開発株式会社　代表取締役社長　城原平蔵《しろはらへいぞう》」

色褪せて黄ばみ、折れ曲がった名刺を見て、ぼくは、なにか良くないことが起こる予感がした。

城原は、座るや否や「突然参りましたのはね」と語りだすと、大きな紙袋から分厚いファイルを取り出した。青いプラスチックのホルダーに入っている書類は、少なく見積もっても十センチほどの厚さがあった。

「永久エネルギーを開発したのです」

「え、永久エネルギーですか？」

ぼくが思わず聞き返すと、城原は、軽く咳払いをした。

「もちろん永久エネルギーなんてものは世の中に存在しません。しかし、これはそれに近いものです。太陽光を動力に変えてメンテナンスフリーで少なくとも十年以上連続で稼働します」

「具体的には、どんな装置に使うのですか？」

「なんにでも応用が利きます。もちろん将来的には電気自動車にも活用できますが、今のところは馬力が足りないので、もう少し小さい機械に応用することを考えています。例えば、餃子製造機のようなものです」

「餃子製造機？」

城原は、もう一度咳払いをした。

「浜松は宇都宮と並んで日本一の餃子消費地です。その餃子は、これまではもっぱら手作りでしたが、今では機械で作るのが一般的になりつつあります。私が開発した装置を使えば、太陽光を取り込むことで、十年間休まず餃子を作り続けます」

ぼくは驚いて、無数の餃子が丸く渦巻き状に並んだ巨大な白磁の皿を頭の中に思い描いた。

「その動力は、もう実用化されているのですか？」

城原は、大きくうなずいた。

「さ、そこです。理論的には、十分実用化できるのですが、試作機を作ったところ、もう少しのところで良い結果は得られませんでした。どうやら太陽光発電と駆動装置のメカニカルなバランスが良くなかったことが原因とわかっています。そこで、もう一度試作機を作って、その不具合を直した後に、一気に量産化に入ります。その資金をお借りしたいのです」

「資金といいますと、いかほど？」

「ひとまず一億円ほど。量産化に入りますと、さらに十億円ほど入用ですが、もちろん引き合いは相当見込まれますので、投資回収の見込みは万全です。まず間違いなく儲かるビジネスです」

ぼくは「はてな？」と首を傾げた。まず間違いなく儲かるビジネスなら、投資するファンドや個人投資家はいくらでもいそうなものだが…。

城原は、薄く笑って言った。

「シリコンバレーなら、このようなベンチャーを支援するファンドやエンジェルといった投資家は山ほどいます。ところが、日本ではベンチャービジネスに正面から向き合うキャピタルファンドは限られていて特に地方では全く当てにできません。そもそものような夢のある発明プロジェクトに対する投資家の関心が薄いのです。そこで、うみはま銀行さんに是非にと融資のお願いに上がったわけです」

「これまでのお取引銀行はどちらですか？」

城原は、にやりと不敵な笑いを浮かべた。

「うちは無借金経営でしてね。親父が農業を営んでいて、今はその農地に太陽光パネルを並べて、相当な量の発電をしています。これが予想外に儲かりましてね。それで、エネルギー分野で事業の多角化を図ろうと、この新規ビジネスの開発に乗り出したわけです」

「わかりました。検討しますので、お時間をください」

ぼくは、そう言うと、城原社長が勧めるままLEDのように青白く光る分厚いファイルを預かった。


桑田課長は、組んだ足をサイドデスクの上に乗せて、花柄のマイカップに淹れたインスタントコーヒーを一気に飲んだ。黒い革靴の尖った先端が鈍く光っている。

「で、どうしたいわけ？」

「はい、ファイルを見ましたが、技術が本当に実用化できるものかどうか、はっきりとは判別できませんでしたし、市場調査も必要です。ですから、審査部に回して検討を依頼したいと思います」

「はあああ？」

桑田課長は、語尾を高音域まで伸ばすとマイカップを机の上にどすんと置いた。

「え、この案件を超忙しい審査部に持ち込むわけ？　あり得ないよ。なに考えてんだよ！」

ぼくは、周りの視線が自分に集まるのを感じた。

「そもそも、星沢は重大なミスを二つ犯している。まず、新規の融資相談者に一人で会ったこと。次に、あいまいに検討すると言って、資料を預かったこと」

「え、でも、課の人はみんな出払っていました」

「だったら、隣の課の誰かに一緒に出てくれと頼めばいいじゃないか。これ、後で『貸します』と言った、言わないと揉めたら、君はどうするわけ？」

ぼくは、黙った。

「次に、まあ丁寧に話を聞くのはいい。だけど、話を聞いたらこの案件はその場で丁重にお断りするのが筋だ」

「え、なんの審査もせずに、ですか？」

「あのさ、審査に回すのは、営業が貸せると判断した案件だよ。でも、ぎりぎり詰めると難しいところがあるから、審査に確認してもらう。この会社、ホームページで検索しても出てこない。太陽光発電をしていると言ったけど、どれぐらいの規模でやっているの？　パネルは高いぜ。手金《てがね》でまかなったの？　大方、本業がうまくいかないで、金策に走っているんじゃないの？　そもそもなにをやっている会社なの？」

ぼくは、また黙ってしまった。

桑田課長は、拳で机をトントン叩くと首をぐるぐる回しだした。イラついた時に出る癖のようだ。

「仮にさ、万に一つ、この事業が成功するとしてさ、うちは、なんのメリットがあるの？」

「新規顧客の開拓につながり、もし事業が拡大すれば将来の大口融資先にもなり得ます」

ぼくが答えると、桑田課長は手をひらひらと振った。

「違うね。万に一つ成功したところで、うちは、せいぜい数パーセントの利息をもらうだけ。残りの九千九百九十九の確率で、うちは元本を失う。これって、割に合う話かな？」

ぼくは、首を横に振った。

「だから、この手の案件は、専門のベンチャーファンドに任せておけばいいの。うちは、もっと身近でわかりやすい所にお金を借りたい人がいっぱいいるのだから、そこに貸してあげればいいわけ」

ぼくがうなずくと、桑田課長はカップの底にわずかに溜まった冷えたコーヒーをすすった。

「で、今日は金曜日だから、先方には週明けに断りの電話を入れて。それから、資料は配達証明付きで送り返して」

ぼくは、重いファイルを抱えて席に戻った。


週末、鬱々とした時間を過ごした。

（トヨタ自動車の基礎を築いた豊田佐吉《とよださきち》翁だって、事業の始まりは大工仕事の傍らで始めた自動織機の発明だった）

（うみはま銀行の採用パンフレットにだって『情熱と真心をもって地域のビジネスを身近なパートナーとして寄り添い発展させてまいります』と書いてある）

言い訳にもならないようなフレーズが次から次へと頭に浮かんで心を悩ませた。

週明けの月曜日の朝、ぼくは、浜松環境開発の城原社長に電話を入れた。

「ああ、星沢さんですか。先週はどうも」

城原の温和な語り口に少し安心して、ぼくは上ずった声で用件に入った。

「実は、先日お話があった融資相談の件ですが、大変恐縮ですが、社内で検討しましたところ、ご融資ができないこととなりまして…」

一瞬、声が途絶えて、空気が張り詰めた。

轟くような罵声が響き渡った。

「なんだとおお！　馬鹿言ってんじゃないよ！　ちゃんと検討するって言ってたじゃないか。俺は、あんたを信用して資料まで置いてきたんだぜ。どうしてくれるんだよ！」

「…いえ、ですから、ご融資はできないと」

「そんなこと聞いてんじゃないよ。あんたのおかげで、土曜、日曜と二日間棒にふっちゃったんだよ。責任取れよ。どうやって落とし前つけるんだよ。大体なんで融資できないんだよ」

「ですから、社内で検討しまして」

「わかっちゃいないな。課長を出せよ。課長を」

ぼくは、慌てて電話口を手で押さえると桑田課長を振り向いた。課長はあらぬ方向を向いて手をひらひらと振った。

すると、課内の誰かが、「総合的判断」とささやいた。

「ただ今のところ…」

ぼくが、話そうとすると、

「いや、課長さんですか。お世話になっております。城原と申します」

電話口の向こうから城原の卑屈にへりくだった猫なで声が聞こえてきた。

「すみません。課長は不在です」

「なあにいい！　ふざけんなよ」

「総合的な判断でご融資はできません」

「じゃ、詫び状出せよ。それから、きちんと話を聞いてくれる金融機関がほかにもあるだろ。紹介しろよ」

「え…」

と、ぼくが口ごもると、電話はがちゃんと切れた。

ぼくは、うなだれて頭を机の上に垂れた。

隣に座っていたブランド好きのダンディ芝崎主任が声をかけてくれた。

「で、どうだった？　だいぶやられたみたいだね」

「ええ、怒鳴られました。それで、詫び状を出して、別の金融機関を紹介しろと」

芝崎主任は、肩をすくめた。

「詫び状はダメだな。なんに使われるかわからんからね。それに、ほかの金融機関を紹介するのも考えものだな。迷惑を振るようなもんだからね」

そのとき、斜め向かいに座っていたやさぐれ銀行員の本間係長が口を開いた。

「そういえば、駅前通りの鍛冶町の先になんとかっていう政府系金融機関の支店があるだろ。あそこだったら、とりあえず話を聞くんじゃないの。健介さ、お前ネットで調べて、再生エネルギー関連の新事業について融資相談に乗っていただきたいという客がいるけど、対応していただけないか、とか政府系に聞いてみたら」

地獄に仏とはこのことだ。頼りになる先輩は本当にありがたい。ぼくは、早速政府系金融機関の支店に電話を入れた。

政府系の若い担当者は、明らかに迷惑そうな口ぶりだったが、一応お話は聞かせていただきます、と応対してくれた。ぼくは、恐る恐る浜松環境開発に電話を入れた。

すぐに城原社長が出た。ほかに事務員はいないようだ。

「あんたか、詫び状は用意したか？」

「いえ、お出しできません」

「なんだと」

「なんに使うのですか？」

「俺の気が済むように使うに決まってんだろ」

「ところで、御社の融資相談の件を政府系金融機関に話しましたところ、そちらの担当者がお話をお伺いしたい、と申しております」

「お、そうか」

「いただいた資料は、至急御社に送り返しますので、よろしくお願いします」

「なんて名前だ、その担当者は？」

「倉橋《くらはし》さんとおっしゃる方です」

電話が、またがちゃんと切れた。

それから、四日ほど経って、城原から電話があった。

「あの倉橋という男は、使い物にならんな。人の話をろくに聞きもしないで、融資できません、と抜かしやがった」

「はあ」

「はあ、じゃないよ。今時の銀行の若い連中には遠州灘の冷たい水でも浴びさせて、目を覚まさせんといかんな」

「はあ」

また、がちゃんと切れた。それから二度と城原からの連絡はなかった。

その日の夜、また先輩方が居酒屋に飲みに連れていってくれた。

小早川代理が「子供が待っているから最初だけ参加ね」と言ってぼくにビールを注いでくれて、みんなで乾杯した。

「お疲れ様だったね」

ぼくは、改めて先輩たちの優しさが身に染みてありがたく感じられた。

やさぐれ本間係長が、ぼくの肩を叩いた。

「まあ、あれで済んでよかったよ。おそらく城原という社長も金繰りに困って切羽詰まっていたんじゃないかな。地元の偉い先生方とか怖いお兄さんとか出てこなくてよかった」

ぼくは、うなずいてグラスのビールを飲み干した。

「お金ってさ、危険物だよね。人はいざという時、お金欲しさに人を騙したり、極端な場合は人殺しまでもするだろ。銀行はお金を扱う商売、つまり危険物を取り引きしている仕事さ。本当に気を付けないといけない。いつも気を張り詰めているしかないよ」

ダンディ芝崎主任が独り言のように言った。小早川代理と本間係長が一様にうなずいた。

（危険物取扱業か…。なんだか中東やアフリカの武器の商人みたいだな）

ぼくは、そんなことを思いながら、目の前の枝豆に手を伸ばしていた。

2

銀行が斜陽産業と言われだしたのはいつの時代からだろう。小学校中学年の頃に、銀行がバタバタと倒産したのをかすかに覚えている。護送船団方式がバブルの崩壊で崩れた、とネットで買った本にも書いてあった。

それから、失われた十年とか二十年とか言っている間に、銀行は経営改善を進めて強靭な体質に生まれ変わったのだろうか？　確かに以前のような不良債権問題は最近あまり取り沙汰されなくなった。代わりに長引く超低金利のせいで本業では儲けられないと言われている。高いコストがかかる一方で、資金運用などでも活路を見いだせないと経済雑誌が特集を組んでいた。

うみはま銀行は、どうなっていくのだろうか？

五月の連休明けに若手行員向けに研修会が開かれた。会場は銀行本店の講堂だが、久しぶりに同期が集まる機会なので、ぼくはちょっと気持ちが浮き立っていた。そんなぼくをよそに、講義が始まる前に、原口友彦が誰に言うともなくつぶやいた。

「資金量一兆八千億円って、第二地銀の中では、中ぐらいかな?」

するとと斜め前に座るがり勉タイプの白木豊が軽く手を挙げて押しとどめた。

「まあ地銀全体の中ではかなり小さい方だな。ただ、資金量で経営を判断するのって古くね。今は、利益率でしょ」

ぼくは、黙って聞いていた。

(ふーん、そうなのか。みんな勉強しているな)

隣に座った青山夏美の横顔を一瞬見る。相変わらず切れ長の目がクールで、すっきりと涼しげな表情をしている。熱心にネットでニュース記事を検索してメモを作っている。

「なに、見ているの?」

原口が聞くと、夏美が顔を上げて、ネットの記事を見せた。

「愛知、岐阜、三重と三つの県の銀行が集まって、今度『中日本銀行』というのをつくることになったそうよ」

「ふーん、で?」

「名古屋拠点のメガバンクが無くなった後、名古屋はずっと金利競争が盛んなエリアで、中部圏の銀行同士で激しく競り合っていたでしょ。それが、三つの県の七つの地銀が一つに合わさって新しい銀行ができるんですって。資金量三十二兆円はもちろん全国の地銀でトップよ」

「地銀再編は今流行りだからなあ」

白木が訳知り顔でうなずいた。

「でも、昨日までライバル同士だった銀行が、ある日突然一緒になったからって上手くいくわけがないよ」

「それで、うちにはどんな影響があるの？」

ぼくが聞くと、夏美は首を振った。

「よくわからない。だから、講師の先生に後で聞いてみようと思って。うちは、愛知県にはほとんど取引先がないし、支店も出張所もないけど、どうなのかしら？」

ぼくは、自分が思いもよらなかったことを夏美が気づいていることに、またしても驚いた。相変わらずぼくは社会常識の点で「周回遅れ」なのかもしれない。

研修は、自分の銀行のデータをいろいろな角度から分析することから始まった。

「で、そこの君、『預貸率』って、どういう指標だったかな？」

ぼくは、突然指名されて慌てた。

「ええっと、預金額と貸出金額の割合です」

「そうだね。預貸率は、融資残高を預金残高で割ったものだね。それで、この銀行の預貸率はどれぐらいかな？」

ぼくは「ええっ」と言ったまま、口ごもってしまった。

周りでくすくすと笑う声が聞こえた。

メガバンクを定年退職したという白髪が目立つ初老の講師が少し困った顔をしている。

すると、ぼくの前の方の席で誰かが手を挙げた。

講師は、すぐに「どうぞ」と声を掛けた。

「はい、約五十五パーセントです」

手を挙げたのは、がり勉タイプの白木だった。

「全国の銀行の預貸率の平均は七割弱だが、近年徐々に低下してきている。つまり集まった預金に対する融資の需要が少しずつ衰えてきている。だから、余った資金は運用に回すことになるが、最近はこちらも市場環境が厳しくなっている」

講師は、そう言って、ぼくの隣の青山夏美を指名した。

「さきほど、うみはま銀行の預貸率が約五十五パーセントということがわかったが、この数字をどのように見たらいいのかな？」

夏美は即答した。

「今の先生のお話からしますと、やはり預金量に比して十分な貸出先が見つかっていない、ということでしょうか？　言い換えれば、域内の経済の活性化に当行は資金供給という点では十分には貢献できていないということかもしれません。また、銀行としても経営基盤強化の一層の努力が必要ということになりますでしょうか」

講師は、何度かうなずいて力強く言った。

「一概にそうとも言い切れないが、この点は、もう少し掘り下げた議論をすることにしましょう」

ぼくは夏美の顔をちらりと横目で見た。少し上気して頬が紅くなっている。

そして、「今のところ預金集めが上手くいっているので、安定した資金繰りにより健全な経営が保たれている」と答えそうになった自分を深く反省した。

3

昼休みに、社員食堂から戻って、部に備え付けの書架をのぞいていたら、重厚な装丁の分厚い本を見つけた。背表紙に『うみはま銀行二十五年史』と書いてある。

五年ごとに章が分かれていて、各章末に写真入りのコラムがあった。最初のコラムが、猫のマスコット「ビッキー」の名前の由来だった。

『うみはま銀行の創業者の松平《まつだいら》増吉《ますきち》翁は浜松の老舗織物屋の跡取り息子でしたが、一念発起して近代的な紡績業を学ぼうとアメリカに渡りました。

ある日、英語の家庭教師をお願いしようと知人に紹介された家を訪問したところ、庭先から一匹の白い猫が飛び出してきました。増吉は、これをやさしく捕まえて胸に大切に抱きかかえて玄関に入りました。家の中では、ちょうど愛猫が脱走したと大騒ぎの最中でした。家の主人は、猫を捕まえてくれた増吉を歓待したのは言うまでもありませんが、さらに紡績業を勉強したいと聞くと、それも良いが、むしろ金融を勉強して銀行を開業してはどうかと勧めました。この家の主人は、当時西海岸で銀行業を営んでおり、その豊富な知識と経験を増吉に惜しみなく伝えることを快く約束してくれました。

その後、増吉は浜松に戻り、浜松相互銀行の前身となる金融会社を創業しました。その際、このきっかけを与えてくれた恩人の猫を忘れることができず、家で飼う白猫に同じ名前をつけました。これが「ビッキー（VICKY）」の由来です。』

コラムのページには、杖をついて座る老翁のひざにちょこんと乗る品の良い白い猫の古い写真が載っていた。

（なるほど、ビッキーとは福を招く猫だったのか）

うちの本棚に鎮座しているビッキーのピンと立った耳と白いひげを思い浮かべながら一人で感動していると、ポンと肩を叩かれた。

「なに見ているの？」

振り向くと同期の情報通の原口だった。

「ああ、二十五年史」

何気なく答えると、

「今度本店に越してきたから、よろしく」

と言って、新しい名刺を見せられた。

『経営企画部グループ会社統括担当　原口友彦』

「すごくかっこいい配属先だね」

自然体で応じると、原口がうなずいた。

「まあな。これから忙しくなるよ。いよいよ経営戦略部門の中枢に入って、まずグループ会社という外堀から銀行全体の経営のブラッシュアップを図るわけだからさ」

（いきなり銀行経営の一角を担うみたいな、すごい勢いだな）

ぼくは、鼻息の荒さに閉口しながらも、

「すごいね。本当に大変そうだね」

と相槌を打った。

「じゃあな、またな」

原口は肩で風を切って営業部の部室を出て行った。

うみはま銀行の人事異動は、三月末が圧倒的に多いが、部次長級以上は六月末に異動することも少なくない。もっとも、それらの定期異動とは別に年中人が動いている。

今年は、組織改革があったせいか、原口のような入行数年目の若手でも六月異動が多かった。原口のほかにも、白木は郊外の支店から本店審査部に戻った。さらに、入行式の後の懇親会で隣り合った黒岩大三郎は、新しくできた事務管理センターに配属された。顧客に関する事務処理を一手に引き受ける新設部署ということだが、バックオフィス部門なので、黒岩のような若手が配属されるのは極めて異例らしい。重要な取引先との契約手続きで失態があったことを咎める懲罰人事だというまことしやかな噂もささやかれていた。

（気のせいか、同期の研修で見かけた黒岩は元気がなかったな）

ぼくは、黒岩のきっちりと七三に分けた髪と鈍く光る銀縁眼鏡を思い出しながら、少し気の毒に思った。

先輩の誰かから、この銀行は採用や入行の時点ではっきりとした序列があるわけではないが、最初の支店勤務が終わった後の配属あたりから、徐々に差がついていくと聞いたことがある。そして、その差はほとんど縮まることなく、定年まで続くらしい。そんなことを考えること自体がばからしいと思いながら、同期にまで威張って挨拶して回る原口を思い出すと、少しやるせない気分になった。

その翌日、青山夏美が、市内の大きな支店から健介と同じ本店営業部の第四課に赴任してきた。健介と同じ非製造業の担当だが、百貨店・スーパーなどの小売り、病院やホテルといったサービス、さらにはソフトウェアやＩＴ関連など幅広い業種を取引先に持つ部署だった。

夏美が、「よろしくお願いします」と明るい声で挨拶しながら部内を回っているのを見て、向かいに座る芝崎主任が夏美の方を振り向きながら健介に声を掛けた。

「あの子、健介の同期だよね？　前見たときよりも一段ときれいになったね」

健介はうなずきながら、少しだけ気持ちが高ぶって落ち着きを失っているのを覚えた。

（夏美と同じ部なのはうれしいけど、この先いちいち同期同士って比べられるのは少し辛いかも…）

健介は、慌てて統計データ集を机の上に広げて、取引先に頼まれた資料をパソコンで打ち始めた。そうして、夏美が部内をぐるりと回って、最後に自分に笑顔で着任挨拶の言葉を掛けてくれるのを辛抱強く待つことにした。

第三章　地銀再編研究会

1

誰が発起人かはよくわからないが、銀行の同期入社の仲間が集う同期会が、五月の研修会の打ち上げを皮切りに定期的に開かれることになった。

本店に配属された者が交代で幹事を務めることになっていて、二回目の今回はぼくと白木が幹事役を務めた。ぼくたちは、本店の裏手にあるビアレストランを貸し切り予約し、その日には三十人近くが集まった。

幹事挨拶と乾杯の発声は白木に任せて、すぐに気ままな飲み会となった。梅雨の谷間で久しぶりに一日中晴れたせいか、夜になっても暑気が衰えずひどく喉が渇いた。一斉にビールのジョッキを二杯ほどあおって、ふと見ると原口が真面目くさった顔で白木に銀行経営に絡む話題を振っている。

（原口って本来酒好き遊び好きの自堕落な奴なのに、経営企画部に行ってからは若造の癖に妙に経営幹部面《づら》して少し腹立たしい。といっても、真面目に銀行のことを考えるのは良いことかもしれないな）

二人が酔って声高に話しているのは、うみはま銀行の決算のことらしい。聞き耳を立てるわけではないが、声は自然と耳に入ってしまう。

「今度のうちの決算、見たか？」

原口の問いかけに、白木がビールからハイボールに飲み物のグラスを替えてうなずいた。

「あまり芳しくなかったようだな」

決算そのものは、前の月に発表されていたが、先週開かれた株主総会で株主からだいぶ厳しい質問が相次いだと桑田課長が行内の誰かに内線電話で話していた。

「業務純益で赤字だったらしいぜ」

声を潜めた原口の言葉に白木がうなずいている。

「本業の利息で稼げずに、債券の売買で稼ごうとしたら、かえって相場を外して損を出したようだ」

「でも決算尻は黒字だったんだろ」

「そりゃ、虎の子の株式を売って益を出したからさ」

「厳しいな」

「来期は、もっと赤字が膨らむかもしれないって経営企画じゃ先輩たちが話している」

「それで、どうするの？」

「債券のディーリングを縮小して、国際業務に乗り出すそうだ」

「国際業務？　海外向けの融資でもやるのか？」

「いや、アジアに支店網を築いて、進出する取引先を支援するらしい。もっとも最初は駐在員事務所だけど」

「どこ？」

「カンボジアかラオスって聞いた」

「はああ？」

白木が、いきなり高い声を出したので、みんなが振り向いた。原口と白木が、きまり悪そうに互いに顔を見合わせている。やがて何事もなかったように皆それぞれの会話に戻った。

「なんでカンボジアなの？　上海やシンガポールじゃないの？」

「逆張りだよ、逆張り。今さら中国やタイやシンガポールに出てっても仕方ないだろ。だから、カンボジアのプノンペンかラオスのビエンチャンなんだって」

「でも、外国に事務所を開くって、なにかと大変なんだろ。例えば、現地政府の認可が要るとか」

「だから、代わりに交渉してくれる法律事務所やコンサルタントを探すとか言っていた」

「それ、誰のアイデア？」

「知らない。役員の誰か」

「経営企画の一色《いっしき》部長は？」

「最初この話を聞いたとき、うちの部長はのけぞったらしい」

海外業務と聞いて、ニューヨークかロンドンかと思ったらカンボジアだって！　突然頭の中に、朝日に輝くアンコールワットの荘厳な大伽藍がそびえ立った。

（カンボジアもラオスも暑そうだな。でも、そこに駐在する地銀の事務所ってなにをやるのだろうか？）

　ぼくは、ちょっとイメージが湧かなかった。

　そこで大きめのフライドポテトを一個つまんで、少しぬるくなったビールを飲み干した。

「星沢、営業はどうだよ？」

　思い出したように白木が声を掛けてきた。

「この前、お前んとこの案件が審査に回って来たぞ。確かガス会社だったかな」

　ぼくは、口に手を当てて、

「仕事の話は止そうよ」

と言った。一応レストランは貸し切りにしたが、誰が聞いているかわからない。

　白木は、面白くなさそうにうなずいて、ジョッキに入った生レモンサワーを立て続けにあおった。

（甘いもの好きの白木だが、最近増え続ける体重を気にしている。だからビールは控えてサワーにするって言っていたけど、あんな大きなジョッキでぐびぐび飲んで太らないのかな？）

次の日の朝少し早めに出社したら、隣の課では青山夏美が一人だけ早く出社してパソコンを打っていた。ぼくは、どきどきしながら、彼女の席に近づいていって声を掛けた。

「おはよう。昨日の同期会、来なかったね」

夏美は、ゆっくりと顔を上げて、申し訳なさそうに頭を下げた。

「ごめんなさい。昨日は、前から約束した用事があって…。星沢君、幹事だったんでしょ。次は必ず出るから」

（うーん、次の幹事はぼくじゃなくて夏美なんだけどな）

ぼくは、少し酔いの残った頭でぼんやり考えた。

「そう言えば、星沢君にお願いがあるんだけど」

彼女が思い出したようにはずんだ声を出した。

「勉強会を始めようかと思うんだけど、参加しない？　今メンバー募集中なの」

（おおっと、夏美から誘われたことって、中学校の修学旅行のグループ分け以来だ。あの時、まず男女別々にそれぞれ三人ずつのグループを作って、その男女のグループが一緒になる際に、うろうろしているぼくたちのグループに夏美が声を掛けてくれた。そうして同じグループで一緒に京都を

回ったけど、ほかの男子生徒からかなり妬まれたっけ）

「え、勉強会。なんの？」

ぼくが聞き返すと、夏美が微笑んだ。

「この前、同期の研修会で講師の先生が言ったでしょ。最近の金融経済の動きをもっと詳しく知るには、同期で勉強会を開いて、行内の先輩に話をしてもらえばいいって。毎週水曜日の昼休みにやることにしたの。ほかのメンバーは、法務部の藤咲里香《ふじさきりか》ちゃん。あと、星沢君のほかにもう一人男の人に入ってもらおうかと思っている」

（やっと運が回ってきた！）

ぼくは、勉強会と聞いてちょっと逡巡したけど、即座にオーケーした。

「で、最初は、どんなテーマでやるの？」

「地銀再編をテーマに、まず星沢君の課の小早川課長代理に講師をお願いしようと思うの。小早川さんは、この部に来る前は経営企画部の企画室で銀行の中期経営計画を作っていたそうよ」

「え、知らなかった。じゃ、ぼくが頼んでみようか」

ぼくはすぐに引き受けると席に戻った。

その日の昼休みに、小早川代理の手が空いたタイミングを狙ってぼくは声をかけた。

「うーん、いいけれど、それなら私よりももっと適任の方がいらっしゃるのだけれど」

小早川さんは、そう断ると、部長室の方に目を向けた。

部長室の手前に次長席がある。そこに座っている狸顔のおじさんが細川《ほそかわ》次長だ。ずんぐりむっくりの体形で、いつもにこにこしている。アニメのトトロみたいだ。なにか困ったことがあると快く相談に乗ってくれるらしいが、まだ健介はほとんど話したことがなかった。

「細川次長は、私が銀行の中期計画を作ったときの経営企画部の上司で企画室長。だから、金融政策や銀行再編のことならこの銀行で一番詳しい人かもしれない。初回は私も同席するから、細川次長に講師を頼んでみたら」

(え、あのトトロ殿が前の企画室長? 人は見かけによらないものだな)

ぼくは、そう胸のうちで思いながら、その日の夕方、青山夏美と一緒に細川次長に頼みに行った。そうしたら、二つ返事で引き受けてくれた。

「というわけで、細川次長に勉強会の初代講師をお願いしました」

残業の合間に、向かいに座る芝崎主任に勉強会の話をすると、主任はおもむろにブルガリのカフスボタンをはずして袖をまくった。ついでにフェラガモのネクタイを緩めながら言った。

「それ、最適解かもね」

「最適解！」と聞いた瞬間、ぼくは男子メンバーを理数系で固めようとひらめいて、すぐに事務管理センターにいる黒岩大三郎に電話した。幸い彼はまだ本店別館のオフィスで残業中で、勉強会の誘いをとても喜んでくれた。銀行再編の重要な論点にシステム経費の圧縮というテーマがあるが、彼なら勉強会できっと的確なコメントを出してくれるだろう。

2

トトロこと細川次長の語り口は、穏やかでわかりやすかった。

「銀行再編といっても、統合すれば経営環境が確実に好転するわけではない。シェアを伸ばして支店の統廃合を進めて経費をカットすることでようやく生き延びられる。

もっとも、この浜松でも、うちと地銀トップクラスの『富士山銀行』がそれぞれ三割、『まつしろ信金』が二割のシェアを持ち、残り二割をメガバンクや信託銀行が争っている。いわば金融激戦区で、オーバーバンクと言われても仕方がない状況だ」

「では、どうして統合しないのでしょうか？」

法学部出身の藤咲里香がすぐに聞き返した。

ぼくは、細川次長に講師を頼んだ手前、一瞬はらはらした。

（ああ、リーガル女子は、なんて直截《ちょくせつ》な質問を発するのだろうか？）

細川次長は、笑顔でうなずいた。

「実は、他行との統合も検討したし、実際に具体的なオファーもあった。しかし、今のところ単独経営で行こうと決めた」

そう言って聞き入る同期たちの顔を一通り見回すと、話を続けた。

「例えば、富士山銀行とうちでは行風も営業スタイルも全く違うし、取引先も一緒になることを望んでいない。まつしろ信金とは業態が全く異なる。それで、県外に目を向けると中部圏は群雄割拠で、システム面で統合しやすいところはあるものの、膨大なコストを掛けて統合する妙味に乏しい。というわけで、今のところは単独で構造改革を進めるけれども業務提携や資本的な結びつきを排除したわけではなく、引き続き模索し検討する方針だ」

「でも、独占禁止法も改正されて県内合併もしやすくなるとか、システム統合費用が補助されるという動きもあると聞いていますが」

また藤咲里香が聞いた。

「確かに、そのような動きはこれからどんどん加速するだろう。でも考えてごらん。統合というのは、一つの手段であって目的ではないよ。言い換えれば銀行がその存在意義を顧客や地域に認められて企業価値を高めていければ統合に頼らなくても生き残ることができる。逆に、統合に頼ると、それが唯一の選択肢となってそれ自体が目的となり、銀行のあるべき方向性を見失うおそれもある。もちろん企業としての生き残りはあくまで企業側の目標で、より大切なのは取引先や地域にどれだけ良いサービスを提供できるか、だよね。他に類を見ない付加価値の高いサービスを提供し続ける銀行であれば、その銀行は、業態はどうあれ存続し発展していく。もっとも社会や顧客のニーズはどんどん変わっていくから、それに先んじてわれわれのサービスも改善し刷新していかなければならない」

青山夏美が聞いた。

「それはデジタル化とかですか？　ＡＩとかフィンテックといった動きが最近盛んですが」

「そうだね。デジタル化、グローバル化、それに少子高齢化やＳＤＧｓなどの動きもある。もっと言えば、社会全体の価値観の多様化も重要なテーマだ」

「そのような中で銀行という業態は生き残っていけるのでしょうか？」

「それは難しいところだね。金融は必要だが、銀行という業態が将来も残るかはなんとも言えない。しかし、現時点では間違いなく銀行という存在を頼りにしている人々がいるのも確かだ。日本の社会はまだ銀行を必要としていると考えていい」

（圧倒的に女性陣に発言が集中していて、女子会みたいだな。なんとかしなきゃ）

ぼくは、慌てて発言の機会を探った。

「細川次長、今グローバル化とおっしゃいましたが、うちの銀行でも外国に店舗を持って取引先の海外展開を支援するという動きがあり得るのでしょうか？」

細川次長は笑って言った。

「浜松はモノづくりの街で、とりわけ当地発ブランドの自動車やオートバイは世界中で売られている。例えば中国だけでも当行の取引先が数百社進出している。ただ、そのサポートをどのようにするかは考えどころだ。仮に現地通貨の融資をしようと思えば、膨大なインフラが要る。現地の銀行と組めば楽だが、それでもコストがかかる。多くの地銀が海外に出ているのは、そこで稼ぐというよりも、むしろメガバンクや外銀に顧客を取られるのを少しでも防ごうという取り組みだ。それは余裕のある大手地銀には可能だし必要だが、当行にとって相応しい手段かはよほど検討しなければいけない」

ぼくがうなずくと、細川次長はぼくの目を見て質問してきた。

「君は、銀行の商品価値、つまり競争力の源泉はなんだと思う？」

ぼくは、慌てふためいた。

「え、えーと。だから、顧客に喜ばれる丁寧で心地よいサービスでしょうか」

細川次長は、トトロそっくりの笑顔を見せた。

「そうだね。銀行もサービス業だからね。まず言えるのは、『お金は天下の回りもの』ということ。お金はどこから借りても同じお金。そこに商品の差はないから、競争するには貸出金利を安くしてお金をいっぱい貸すしかない。この薄利多売方式だとどうしてもコスト削減が必須だ。だから統合して支店やＡＴＭを減らして人員も削減することになる。でも、いくら下げてもコストはかかるから、マイナス金利時代に金利競争は避けたい。そうなると、誰も貸さないようなベンチャーを掘り起こして高金利で貸したり、さらに投資まで踏み込んだりする。あるいは独自の付加価値を付ける。経営に関する情報提供だったり、ブランドイメージだったり、アプリの使いやすさや支店網といった利便性だったり、接客する行員の真心のこもった笑顔とサービスだったりする。そこで、若いみんなには、このうみはま銀行ならではの付加価値はなにかを考えてもらいたい。提供する価値が高ければ、より多くのお客様の支持を得ることができ、結果的にこの銀行は生き残ることができる。これ、今日の宿題だね」

こうして第一回の勉強会は終わった。少し緊張したけれどとても充実した時間だった。同席した黒岩は、結局一言もしゃべらなかったけれど、すごく勉強になったと喜んでくれた。

3

暑い夏が来た。

早めの夏休みを取って、家族と一緒に近隣にある菩提寺に行って亡くなった祖母の十三回忌を済ませた。久しぶりにお墓の掃除を念入りにして、そのあとお寺で正座してお経を聞いたら、慣れないことをしたせいか疲れてしまった。家に戻って本棚のビッキーを眺めながらごろごろしていたら、母に呼ばれた。

「あんた、暇ならまつしろ信金の駅南支店に行って、あんたのお年玉口座、解約するなり、引き出すなりしてきて頂戴な」

（ああ、そうだ。ぼくのお年玉とか入学祝いは、なぜか、ばあちゃんのへそくり口座のあった、まつしろ信金に預けてあったんだ）

ぼくは、Tシャツの上にカジュアルな麻のジャケットをひっかけて、預金通帳と印鑑の入った小さなバッグを握りしめたまま自転車でまつしろ信金に行った。

駅南支店に入って驚いた。

まず、すごく明るい。店内の採光や照明、壁やテラーの色、窓口の女子社員の制服、貼ってあるポスターの色調まで鮮やかなパステルカラーだ。

そしてなにより、接客する社員の笑顔が明るい。ぼくは、解約して全額を自分の銀行の口座に移し替えようと思って行ったけれど、ちょっとだけ小遣い用に引き出して、またこの支店に来てみたいと残額を再び預け入れてしまった。

見ると杖を突いたお年寄りや赤ちゃんを抱っこした若いお母さんまでが和やかな雰囲気につつまれて窓口で談笑しながら手続きをしている。

大体銀行って、よく言えば重厚な落ち着きのある、実態は殺伐とした重苦しい雰囲気の店舗でお金のやり取りをしている所が多い。そうでなければ、機能的ではあるのだけれど、極端に事務的な効率を重視した無機質な応対をしている店だ。

ぼくは、まつしろ信金の支店を出て、自転車を走らせながら考えた。

まつしろ信金は、『街のコミュニティバンクを目指します』とキャッチフレーズに書いてあったけれど、あの明るさと親しみやすさは群を抜いている。まさに、そこの魅力で付加価値を演出しているのだ。でも、そのコストは非効率性や人件費負担となって跳ね返ってくるに違いない。その点は大丈夫なのかな。


次の日の昼休み、その疑問を小早川代理にぶつけたら、微笑んで教えてくれた。

「おもてなしサービスと作業効率や人件費は二律背反ね。しかも、接客が良いからといって、貸出金利は上げられないし、預金金利は下げられない。でも、星沢君がまさに感じたように、あそこのお客は逃げないよ。つまり固定客、リピーターが多いってこと。それに客の目に見えないところは徹底的にコストをカットしている。聞いた話だけど、役員室なんてないし、社用車もない。本社ビルだって駅から遠いし古くて安普請みたい。余計な贅沢はしない。だから、街のコミュニティバンクなのよ」

（なるほど。ぼくも、全額解約で臨んだけれど、預金はほとんど残してきて、またなにか用があったら寄ろうか、と考えてしまった。つまり、まつしろ信金の戦略にうまく乗せられてしまったわけだ）

ぼくが納得したような顔をしてうなずくと、小早川代理はさらに付け加えた。

「例えば、投資銀行が親密になった大企業にだけ特別に条件のいい買収案件を持ち込んだり、プライベートバンクが顧客好みに投資先を選別した独自の金融商品を開発して富裕層を囲い込んだりするのも、レベルは違うけどみんな狙いは一緒。百貨店の外商や高級旅館のセールスと同じで、顧客層をきちんとキープできれば、薄利多売じゃなくても商売は安定する。そこはコストカットとは異なる世界がある。でも、うちみたいな普通の地銀は、そのような戦略を取るのは限界がある。そこで、どうするか？なのよ」

ぼくは、なんとなくわかった気分になった。

「でも企画室では、SWOT分析とか、やったんですよね？」

この前、研修で習った用語を試しに使ってみた。SWOT分析とは、企業の強みや弱みを分析して、将来の経営戦略を検討する手法である。

「もちろん。その時の結論は、地元志向の強い将来有望な中堅から中小企業をターゲットとしてミドルリスク・ミドルリターンを狙うってことになったけど」

「わかったような、わからないような話、ですね」

「そうね。結局、経営戦略ってわかりやすさが大事よね。でもわかりやすいということは、選択と集中という言葉があるけれど、どこかを捨てるということになる。それは、銀行としては怖いのよね。だから、多様なステークホルダーのためとか銀行は公器だとか理由をつけて煮え切らない総花的な経営方針をつくる。その繰り返しなのよね」

小早川代理はそう言って首を傾けた。

（やっぱり、この人は鋭いや。ちゃんと見るべきところを見ている）

ぼくは、そう思って、ふと小早川代理が目を上げて示した方を見ると、同期の原口が部室の入口に立っていた。手でこっちに来いというように合図している。

ぼくは、おもむろに席を立っていって、原口と一緒に廊下に出た。

すると、彼が口をぼくの耳に近づけてきて、小声で言った。

「ここだけの話なんだけどな」

（こいつの得意なフレーズだ。ここだけの話と言いながら、あちこちで言いふらしているに違いない）

「俺、青山夏美が男と会っているのを見たんだ」

（おっと経営談義かと思ったら、いきなりゴシップネタか！）

ここで動揺しては足元を見られると思って、ぼくは驚きを隠しながら淡々と聞いた。

「へえ、いつ、どこで？」

「この前の同期会の日。終わった後帰りがけに浜松駅の新幹線の改札口を通りかかったら、ちょうど若い男を見送る夏美を見た。男に手を振っていた。すげえイケメンで、ラフなジャケットをかっこよく着こなして、東京に向かうひかりに乗って帰っていった」

「ふーん、で？」

原口は、「お」、とぼくの冷静な反応に軽く驚きながら、話を続けた。

「あれ、例の研修医の彼氏だよ」

「え、なんだって？」

（しまった。声が動揺して裏返っている）

「お前、知らないの。彼女んち、医者だろ。蜆塚《しじみづか》遺跡の近くに青山クリニックって、大きな病院があるじゃんか」

（原口のやつ、浜松弁で攻勢に出てきた）

「それもあって、彼女、東京の同じ大学を出たエリート医師と付き合っているって話、もはや常識なんだけどね」

（常識って、なんだ！）

「だから彼女、同期会来なかったんだよ」

「あ、なるほどね。そう言えば、いなかったね」

ぼくは、初めて気づいたように結論づけると、この会話を打ち切った。続きを聞くのがヤボで不快で怖かった。

原口は、ぼくの反応を確かめた後、俺はなんでも知っているんだぜというドヤ顔を一瞬見せて経営企画部に戻っていった。

4

秋風が吹きだすと、急に貸付案件が舞い込んできて、ぼくは忙しくなった。

ぼくの取引先の海の星運輸という運送会社が、大型トラックを十台ほど新調するという。着任した時から、何度も足しげく通って提案してきたことが功を奏したのかもしれない。

本店営業部の取引先で浜名トラック販売というディーラーが、キャンセルが出たとかでかなり好条件でトラックを融通してくれるという話を聞きつけ、海の星運輸に紹介したことが今回の融資に結び付いた。もっとも、海の星運輸はこれまでも定期的に借入をしてくれている大事なお得意先でもある。

資金課長さんに挨拶してあらかじめ相談していた条件面とスケジュールをセットした後、トラック運送を差配している運輸課長を紹介してもらった。

もともとトラックの運転を長年続けてきた職人気質の年配の男性で、日焼けした顔にスポーツ刈りが似合っている。

「今時のトラックは、ＧＰＳというのがついていて、どこを走っているかわかるし、さらにセンサーでどんな状況で走っているかもチェックできるんですよ」

「へえ、すごいですね」

「だからサボっていたらすぐばれるし、事故や故障で立ち往生していてもわかる。混雑具合とか道路状況を見て一番早い道筋を運転手に教えることもできるし、荷主に到着時刻を正確に伝えることもできる。それにこの情報は損害保険会社とも共有しています」

「え、損保会社ですか？　どうして、ですか？」

「まだ試験的なんだけどね。ドライバーの年齢や運転歴だけじゃなくて、運転の上手い下手を見て、保険の料率を決めるらしい。つまり雑な運転をするドライバー、例えば急発進や急ブレーキが多かったりすると、事故の確率が上がるから、保険料も上がる。うちは慎重で丁寧な運転を心がけるドライバーが多いから保険料が下がるという仕組みですよ」

　ぼくは、なるほどとうなずいた。

「ところで、うちは運送だけじゃなくて倉庫業もやっています。どこの倉庫にどんな商品があるか把握するのはもちろん、システムで管理しているから、温度や湿度の設定もできるし、出荷も自動的にトラックに積み込む。伝票も自動で出てきて、運転手はそれを受け取って、後は車を動かすだけ」

「すごいですね。これでトラックが自動運転になったら、人間は要らなくなりますね」

「ま、そうだけど、そうは簡単にいかないと思うけどね」

運輸課長さんは豪快に笑った。その時ぼくは、ふと思い立って聞いた。

「今回トラックを納入した浜名トラック販売さん、最近副業を始めて地元遠州の物産品のネット販売をするらしいですよ。マスクメロンとか浜名湖の鰻とか扱うそうなんですけど、そういうのを運ぶのも、もちろんお手の物ですよね？」

「もちろん。うちは損保さんお墨付きの安全運転で、しかも温度管理もばっちりだし、鮮度を保ったうえで傷一つつけずお届け先に大切に運びますよ」

ぼくは、慌てて銀行本店営業部の浜名トラック販売の担当者に電話して、この会社のネット販売を扱う関連事業部に話をつないでもらった。

営業部に戻って、この話をやさぐれ本間係長にしたら、珍しくとても感心された。

「それって、ずばりリレーションシップ・バンキングじゃん。ついでにフィンテックとの合わせ技で一本取りましたって感じだね」

「でも、メロンの運送の方はどうなるかわかりません。物流ってなかなか複雑で、一筋縄ではいかないみたいです」

「そりゃ、欲張り過ぎだよ。でも、きっかけづくりにはなったじゃないの」

本間係長は、両手を万歳して大きく伸びをした。

「あの、ときどき聞くのですけど、フィンテックってなんですか？」

「あれ、健介、知らないの？　フィンテックのフィンはファイナンス、テックはテクノロジーで、簡単に言うとＩＴの技術を使って先進的なファイナンス、つまり金融サービスを提供すること。健介が教えてもらったのは、まさにＩＴを活用した保険サービスの例だよね」

「あ、本当ですね。フィンテック…ですね」

ぼくは、自分がフィンテックの実例に接したことを今改めて知った。

（なるほど、金融の世界も少しずつ変わりつつあるんだな）

ほんの少し夢のある世界の扉を開いて、その中を垣間見た気分になった。

第四章　中日本銀行

1

十二月の半ば、浜松に空っ風と呼ばれる北風が吹き始めた。

ちょうどその頃、東京に嫁に行った姉貴が帰ってきた。商社勤めの義理の兄は海外出張中ということで、一足先に実家に戻った姉を見るとマタニティドレスを着ている。里帰り出産というパターンだが、ぼくにとって姉は天敵だ。なんといっても人使いが荒い。今度も連れて帰った二歳になる息子の面倒を母親に押し付けて、母親が家事をしている間は、ぼくかぼくの父親が遊び相手を務めるという役目を割り振られてしまった。

その姉が、階下の茶の間でぼくを呼んだ。

「健介、テレビで銀行のニュースをやっているよ」

かつて総合商社の浜松支店で支店長秘書をしていた姉は、職業柄マスコミに対する感性が鋭い。この点は、ぼくも一目置かざるを得ない。それで、二歳児の面倒はぼくの父親に任せて、ぼくは茶の間のテレビを見に行った。

「来春誕生する中日本銀行の新経営陣による記者会見がさきほど名古屋で行われました」

アナウンサーが紹介すると、フラッシュの光を浴びながら、新たに発足する銀行の会長、頭取、副頭取がそろって挨拶をしている映像が流れた。

会長と頭取は、中核となる岐阜と三重の銀行の頭取がそれぞれ就任するようだ。副頭取は、メガバンク出身で投資銀行のアドバイザーからの転身らしい。今回の七行統合の仕掛け人と言われている人物だ。名前は、桐島和人《きりしまかずと》。テレビの画像を見る限りまだ若く、俳優のような甘い顔立ちで、パリッとスーツを着こなしてにこやかな笑みを浮かべている。

「人口減少や超低金利の中で地方銀行の経営はかつてない転換期を迎えています。政府、日銀の支援のもと、私どもは大きな決断をしました。中部地区の七つの地銀が集まり、『中日本銀行』という新たな企業体を立ち上げ、地域経済の活性化に向けて全力で取り組みます」

「われわれは、抜群の資本力、経営力を有する強者連合です。加えて中部圏というわが国でも極めて強固な経済基盤をバックに持っています。最先端のＩＴ技術と抜きんでた企業性評価の力を駆使し、次世代型の地銀経営モデルを確立します。そして金融当局の地銀再編の掛け声のもと、各地の地方銀行の参画を仰ぎながら、この経営モデルを全国津々浦々に展開してまいります」

ぼくは、この会見の模様に目が釘付けになった。

「大した自信ね、それにすごい迫力。まだ新銀行がスタートしてもいないのに、全国制覇を目指しますって宣言しているみたい」

隣で姉がつぶやいた。

「健介の銀行、大丈夫かしら。尾張の織田信長《おだのぶなが》に最初に滅ぼされたのは、遠州、駿河を治めていた今川義元《いまがわよしもと》よ」

（なんじゃそれ？）

ぼくは、笑い飛ばそうとして、でも押し黙った。確かに、中日本銀行はすでに三河地方の豊橋、豊川など浜名湖の西岸エリアまで手中に収めている。次は、この浜松に攻めてくるに違いない。そうでなければ長野の飯田方面だが、主戦場はやはりここだろう。しかも「経営が悪化している地銀を統合によって救済する」という金融政策を錦《にしき》の御旗《みはた》に掲げて押し寄せてくる官軍だ。

ぼくは、ちょっと緊張したが、でも本格的な戦いはまだずっと先だろうと高を括ることにした。

しかし、すでに桶狭間の決戦は始まっていた。

2

クリスマスの季節は苦手だ。浜松の街中至るところにクリスマスソングが流れ、レストランに行けばクリスマスディナー、そしてデパートにはクリスマスプレゼントのサインが所狭しと溢れている。年を越せば冬のバーゲンセールが始まって喧噪も収まるのに、この時期はパートナーのいない若い男には居場所がない。それは若い女性も同じはずなのに、そこは家族とか女子会とか温かい支援のまなざしやサポートの手立てがある。

とりわけ今年のクリスマスイブは土曜日だった。

「健介、あんた、今年もまた一人でクリスマス過ごすの？」

姉貴の鋭い舌鋒には本当に参ってしまう。これは、言葉による家庭内暴力だと思う。もうすぐ二児の母。亭主は元気で留守。家事は母親まかせ。許せん、と思いつつ、誰かいい人いないかな、とぼやいてしまう。

（大学の同級生の女の子とは疎遠になってしまったし、銀行の同期というと、青山夏美は、どうせイケメン研修医と東京でゴージャスにデートだろう。法務部の藤咲里香は、会った瞬間にいきなり議論を吹っ掛けられそうで三分と持たない。営業部に配属された事務職同期の加瀬《かせ》さんは控えめでおとなしいけれど、家庭的な雰囲気だから、きっと家族でクリスマスを祝うパターンだな。二階堂ちゃんは、白馬でスキー女子会とか言っていた。吉本お姉さまは人気グループのファンイベントで知り合ったという年下の彼氏と一緒かなあ…）

（あああ、今年のクリスマスも結局一人だ。よし、こうなったら身体を鍛えよう。筋肉は裏切らないっていうし）

ぼくは、悩んだ末に今年のクリスマスイブは、スポーツジムにこもることにした。

「駅前の本ガスのフィットネスクラブに行って汗を流してきます」

家族に声をかけて、自転車で勢いよく家を出た。同級生の佐々木涼太からもらった本州ガスの子会社がやっているスポーツクラブの割引チケットがある。会員でなくても一日居続けて千円だ。

本ガススポーツというフィットネスクラブは、駅のすぐ近くのビルに入っていて、多種多様なマシーンを備えたジム、ヨガやエアロビクスのスタジオ、それにプールとスパがそろっている。

（軽くストレッチしてから、マシーンで汗を流して、最後はプールだな。そういえば、涼太がモデルか女優みたいなすごい美人がフロアでタップを踊っているのに出くわした、とか言っていたけど本当かな）

ぼくは、ともかくロッカールームで着替えて、予定通りのメニューをこなすことにした。気のせいか、ストイックに身体を追い込んで鍛えている若い男性客が多いような気がする。みんなクリスマス休暇を迎えて暇なのかな。それとも特別な夜を控えて最後のコンディショニングかな。

ぼくは水泳についてはちょっと自信がある。中学、高校は水泳部だったし、県大会止まりだったけど、それなりに綺麗なフォームで泳げるつもりだ。

（さて、今日もすいっすいっと泳いでみせるかな）

幸いプールのレーンは空いていて余裕がある。ぼくは、軽く身体を水に慣らした後、個人メドレーよろしくバタフライ、バック、ブレスト、クロールとそれぞれ五十メートルずつ泳ぎ始めた。

（今日は身体が水に乗っている。気分がいいよ）

一人で悦に入りながら、水を切って泳いでいると、隣のレーンで白い身体がすうっと後ろから近づいてきた。

（ちょっと待てよ。そう簡単には抜かれないぜ）

ぼくは、ターンをすると、ドルフィンキックでつなぎ、さらにクロールのキックのピッチを上げて、息継ぎを省略して一気に加速した。

しかし、あっという間に抜き去られた。

白い均整の取れた身体にトロピカルな花柄のハイレッグの水着が映える。リズミカルにしなうスマートで肉感的な脚が流れるように水を蹴っていく。

（負けました）

ぼくは、あっという間にターンをして戻ってくる女性スイマーと行き違った後で、プールに足をついて立った。

彼女は、ゆったりと人魚のように優雅に泳いでいる。しかも速い。水しぶきを上げるバタフライこそしないが、ブレスト、バック、クロール、どれも完璧に美しい。

しばらく見とれていると、ようやく隣に来て泳ぎを止め、すぐにプールから上がった。ギリシャ彫刻のビーナスのようなグラマラスな肢体。でも、そんなに若い子ではなさそう。

（人魚じゃなくて美魔女かも）

見事なプロポーションの後ろ姿を見送ると、女性はキャップを取って長い髪を下ろし、軽く首を振って水を切った。

（涼太の言っていた女優さんじゃないな。もっと熟したセレブの魅力だな）

ぼくは、しばらくぼうっとしていたが、気を取り直して、またゆっくりと泳ぎ始めた。でも、最初の時ほど水には馴染めなかった。

3

どこから伝わったのか、中日本銀行が、うちの銀行に統合の話を持ち掛けてきたという噂を聞いた。年末に原口が特ダネと言って持ってきたときには知っていたから、本間係長と芝崎主任が声を潜めて話していた断片的な内容が耳に残っていたのかもしれない。ぼくは気づかなかったが、おそらくその時には、銀行内のあちこちでこの話題がひそやかに噂されていたに違いない。

原口に聞いた話では、来春設立される中日本銀行の副頭取に就任する桐島和人が、年末の挨拶と称して花村頭取を訪問したそうだ。当方で同席したのは、川中《かわなか》専務と一《いっ》色《しき》常務兼経営企画部長の二人。先方は桐島副頭取一人だったという。

先方の提案は、うみはま銀行の第三者割当増資を引き受けて資本参加し子会社化したい。敵対的なTOB（株式公開買い付け）の形はとらず、あくまで友好的に進めたい。当面、うみはま銀行のブランドは残るが、将来は株式の百パーセントを取得して完全統合する。支店の統廃合は積極的に進めるが、職員全員の雇用を継続し、現行の給与水準は維持する。システムは早期に先方の新システムに統合する。子会社化する時期は、できるだけ早く、可能であれば六月の株主総会後速やかに行いたい、といったような内容だった。

「うちの次の決算もおそらく実質赤字だし、今の金融情勢では増益に転じるいい材料もない。向こうは足元を見て、なかば救済のつもりで声を掛けているのだから早く決めてくれと言ってきている」

原口は、少し悔しそうな口ぶりをにじませるが、本当のところは、むしろ中日本銀行による吸収合併を期待しているようにも見える。

「それで、頭取とかうちの経営層の反応は？」

「さあ、本音を言えば単独で残りたいけど、収益環境はどんどん厳しくなるし、従業員の面倒を見てくれるんなら、早いうちに手を打つか、という感じじゃないか」

「ずいぶんと冷静というか第三者的な見方だね」

ぼくはちょっと白けて口を挟んだ。

「だってしょうがないじゃないか。健介にはわからないと思うけど、うちの銀行ははた目から見ても、それぐらい追い込まれている、ということだよ」

（別に公的資金を受けているわけではないし、確かにこのところ減益決算が続いているけど最終的に赤字というわけでもない。OHRという経費率だって、ほんの少しだけれど改善しているという話も聞いている。経営難で将来の存続が危ぶまれる地銀もあるらしいけど、うみはま銀行はまだそこまでは至っていないはずだ)

ぼくが胸の内でつぶやいていると、原口は例のドヤ顔で言い放った。

「だから健介は甘いんだよ。オファーがあるうちに高く身売りするのがベストな身の処し方だと思うぜ。もし、本当に経営難になったら、誰も救いの手なんか差し伸べないよ。そうなったら、バブル崩壊後に相次いで起きたみたいに破綻して俺たちみんな路頭に迷うんだぜ」

ぼくはまだ小学生だったからよく覚えていないが、バブル崩壊後の金融危機でたくさんの銀行がつぶれたと聞いている。確かにそのような事態は避けなければいけないが、うちの銀行は本当にそこまで追い込まれているのだろうか?

4

年明け、ちょっとした異変が起こった。

仕事始めの日には頭取の年頭訓示があるのが恒例だが、今年は急きょ取りやめになった。なんでも年末に花村頭取が体調を崩して入院したらしい。病状は明らかにされていないが、長らく体調が思わしくなかったので年末早めに休みをとり、入院して精密検査をしたところステージなんとかだったと誰かが言っていた。当分の間、職場復帰は難しいようだ。

頭取の職務は、川中専務が代行するようだが、代表権がないので、急きょ取締役会が開かれると聞いた。年明け早々、暗雲が立ち込める一年のスタートとなった。

正月気分が抜けない一月半ば、社内に衝撃が走った。

新聞の経済欄のトップに、県内地銀首位の富士山銀行が、山梨県のアルプス銀行と長野県の信州銀行と将来の統合を見据えて資本提携を進めるという記事が出た。富士山銀行とアルプス銀行の業務提携の話は前から聞いていたが、そこに信州銀行が加わり、さらに単なる業務提携を超えて統合まで進むという内容は、うみはま銀行にとってまさに青天の霹靂《へきれき》だった。

「前門の虎、後門の狼っていうのかな」

斜め前で本間係長が頭をぼりぼり掻いている。

「鍋、煮えました。もう、いけますよ」

ぼくは、寄せ鍋の蓋を取って、湯気の立つ具材をのぞき込んだ。たら、エビ、牡蠣などの海鮮と鶏肉のつみれが美味しそうな香りを部屋に充満させた。春菊や白菜もいい感じで煮えている。

「やっぱり冬は鍋ですね」

芝崎主任は、早くも箸を伸ばしている。その横で小早川代理が聖母マリアのように微笑んでいる。お酒が入って少し頬が紅い。

今日は、課の中堅若手の新年会だ。実は、オフィシャルな課の新年会は来週に予定されているのだけれど、待ちきれない本間係長と芝崎主任が、小早川さんの都合のいい日を聞いてプレ新年会をセットした。浜松城近くの美味しいと評判の小料理屋で鍋料理だ。ぼくは、早く帰っても、いよいよ臨月を迎えた姉貴にこき使われるだけなので、今日の会は本当にうれしかった。

「で、うちはどちらにつくのですかね。中日本銀行チーム、それとも富士山銀行チーム？」

一応ちゃんとした個室を取ったので大丈夫だと思うけど、この手の話になると自然と声のトーンが下がる。

芝崎主任の問いかけに、酔って饒舌になった本間係長が先手を取って答えた。

「やはり勢いだと中日本銀行かな。それに向こうは浜松には小さい支店が一つあるだけ。だから、うちとは、競合せずに、合併のメリットを最大限生かせる。それに対して、富士山銀行は浜松市内だけでもいくつも支店がある。支店の統廃合を進めるとしたら、うちの支店の半分は要らない。だから行員の半分近くはリストラされるかも」

芝崎主任も、鍋の取り皿を置いて、相槌を打った。

「そうですよね。それに、昨日までシェアを張り合っていた富士山銀行と今日から仲良く一緒に仕事しろ、と言われても、ちょっとピンとこないですよね」

（やっぱり尾張・三河の織田・徳川《とくがわ》連合軍と甲斐信濃の武田《たけだ》と組んだ今川家のどっちか、と聞かれたら、時代の趨勢からいって織田・徳川だよな）

ぼくは、ぼうっとそんなことを考えていた。どうやらクリスマス前の桶狭間の発想から抜け切れていないみたいだ。

（たしか、浜松の小豪族だった井伊直政も、徳川家康《いえやす》にくっついて、最後は大大名にまで取り立てられた…）

ぼくは、ぐいっと冷えた吟醸酒をあおった。

ふううっ。やはり鍋には日本酒が合う。

小早川代理は、にこやかに笑ってなにも答えない。

「ねえ、課長代理、うちの銀行、どうなっていくのですかね？」

本間係長が話を振った。小早川代理は、きちんと箸を置いて、少し首を傾げてからゆっくりと話し始めた。

「よくわからない。確かに中日本銀行と組んだ方が合理的かもしれない。でも、雇用面でうちの全職員の面倒をみると言っているけど、本当に今の給与がきちんと維持されるかはわからないわ。年末の記者会見の後のインタビューでも、『適材適所』に加えて『能力主義』と言っていた。今でも色濃く銀行に残る『年功序列』はもう死語かもしれないけれど、処遇条件はかなり厳しくなると見た方がいいと思う。だって銀行の経費のかなりの部分は、人件費でしょ。これを削るのが統合の目的なんだから」

にこやかな顔で本質的なことを話す小早川代理は、怖い人だと思う。ぼくは、ちょっとだけ口を挟みたくなった。

「小早川さんは、細川次長とも親しいし、きっと銀行の経営層ともいろんなつながりがあるから、今なにが起こっているか、ちゃんとご存じなんじゃありませんか？」

本間係長も勢い込んで聞いた。

「そうそう。中日本銀行も富士山銀行も去年の夏頃からうちの頭取とかにいろんな働きかけをしていたって聞いています」

「さあ、私も詳しいことは知らない。もちろん内々にいろんな話はあったと思うけど、うちの銀行はまだ態度を決めかねていると思う。そもそも中日本銀行って、まだ立ち上がってもいないのに、どんな仕事ぶりなのか見てみないとわからない。富士山銀行の方がわかりやすいけど、こちらの方は後から手を上げても間に合うと思う。うちが中日本に取り込まれたら富士山にとっては脅威になるから、後から慌てて好条件を出してくるかもしれない」

「でも、頭取の病状が回復しないとなると、決める人がいないことになりませんか？」

「そこなのよね。一応年明けの経営会議ではシステムの改修を延期して、例の海外事務所開設の話も凍結になったけど、じゃなにを決めて進めるということでもない。ちょっと足踏みしている間に状況はもっと厳しくなるかもしれない」

本間係長と芝崎主任は、一様に深刻な顔をして大きくうなずいた。ぼくはなにをしていいかわからず、慌てて冷酒の入ったボトルをつかんで先輩たちのグラスに順番に注いで回った。

5

銀行に限らず、また組織の大小にかかわらず、大きな経営判断は、ごく少数の人間が限られた情報と時間的な制約のもとで決めなければならないことが多い。日常的な中小の決裁は、このようにしたいという稟議書が上がってきて、これを裏付けるデータがあり、メリットとデメリットの分析も行われているから、その論理的な筋道の正しさを確かめてこれを裁可すれば良い。しかし、経営判断ともなると、どちらに進むにしても迷うだけの得失があり、しかも転んだら取り返しのつかないほど大きな痛手を被る。結局思い悩んだあげくにこうだ、これが正しいに違いない、と決めるしかない。切羽詰まった状況のもとで正しい判断をするのは難しく、やがて判明する結果が、判断の適否を検証する。歴史が証明するというわれである。

さて、この時期うみはま銀行は、判断する人を欠いており、情報は錯そうし、経営層は混乱していた。憶測が憶測を呼び、やがて社内は右往左往して分裂していくことになる。

ある日ぼくは取引先に書類を届けた後で銀行に出社した。ちょうど朝の十時頃だったと思う。銀行の正面玄関の前を通り過ぎて行員の通用口に回ろうとした時、玄関に入る二人の人影を見た。

背筋の伸びたきりっとした感じのスマートな男性とちょっと上品でお洒落な感じの美貌の女性である。一般に銀行の正面玄関に入っていく客は、圧倒的にダークスーツに身を固めた初老か中年の男性と年若い部下のような男性とのペアか三人連れが多い。ちょっと見かけないパターンだなと思って、開いた自動扉の向こうをみると、うちの菊丸部長と桑田課長が揉み手をしてうやうやしく出迎えている。

（あれ、うちの課の取引先の偉いさんかな？）

と思った瞬間、ひらめいた。

（あの女性は、クリスマスイブに本州ガスのフィットネスクラブのプールで出会った美魔女スイマーだ。なんでうちの銀行を訪れたのだろう？）


その日の昼休み、手持ち無沙汰な様子でインスタントコーヒーを花柄のマイカップからちびちび飲んでいる桑田課長に思い切って尋ねてみた。

「今朝、銀行の正面玄関で課長をお見掛けしたんですけど、取引先の方と待ち合わせですか？　二人の方が玄関を受付の方に入っていきましたけど」

桑田課長は、一瞬眼鏡の奥からギロリとぼくの顔をにらんだが、今日は課長の機嫌が百パーセントいいのをぼくは知っている。長らく揉めていた案件が今日の昼前によようやく片付いてほっとしているはずなのだ。

「お、あれな。本州ガスの経営企画室長の波多野《はたの》さんと、その紹介で見えた朝月《あさつき》さんというアドバイザーの女性。うちの経営企画部に頼まれてお迎えした」

（本州ガスは、小早川代理の取引先だ。後で事情を聞いちゃおう）

その日の夕方、小早川代理に今朝の件を聞いてみた。

「私も詳しいことは知らないの。本州ガスさんて、今経営企画室を立ち上げて専門のコンサルタントを入れてM&Aとか事業の再編に力を入れているでしょ。それを役員の誰かが聞きつけて、うちにもいいアドバイザーを紹介してくれとお願いしたみたいなの。あとは私の推測だけど、うちもいろいろと統合の話とかあって、プロの人に助けてもらおうとしているんじゃないかしら」

ぼくは、なるほどとうなずいて、この話は終わったつもりでいた。ところが、やがてこれがぼくを巻き込む大きな渦になっていくとは、この時は想像もしていなかった。

第五章　敵対的ＴＯＢ

1

三月に入って春めいてきたと思ったら、浜松城の桜が満開で今が見頃だと地方ニュースのアナウンサーがテレビで報じていた。

家では一月の終わりに姉が女の子を無事出産し、いまだに子供二人と居座っている。週末になると義兄が東京から赤ちゃんの様子を見に来る。仕事は忙しくて大変だけど子供は本当にかわいいと嬉しそうに話していた。

地銀再編の勉強会はその後も続いている。そのような中で、三月末に人事異動があり、事務管理センターにいる黒岩が同期で初めて係長に昇進した。主任を飛び越して二階級特進である。

係長への昇格年次は翌年度からだと聞いていたけれど、今年から若手でも成績優秀者は前倒しで昇進させるようになったようだ。顧客へ取引状況を伝える通知システムを改善するプロジェクトで、初心者でも使いやすいスマホ用のアプリを開発し、経費を大幅に削減する道を開いたことが評価された。

同期の原口に言わせると、たまたま新設部署に配属されたからできたラッキーな手柄とのことだが、一年前は不祥事を起こして左遷されたと噂されていたのだから、人の憶測ほど当てにならないものはない。

さて、そのような中、まつしろ信用金庫が商工会議所で急きょ記者会見を開いた。

「来年の一月に、磐田市・掛川市・島田市などを基盤とする牧之原信用金庫と統合します。新金庫名を浜松の松と牧之原台地の茶畑にちなんで『まっちゃ信用金庫』とします。静岡県西部全域を営業エリアとして地域に愛されるコミュニティバンクを目指します」

理事長の溌溂《はつらつ》としたコメントに商工会議所の会見室に集まったマスコミの取材陣から大きな拍手が沸き起こった。

うみはま銀行は、東と西だけでなく、全く同じ営業圏内に自行の資金規模を上回る信用金庫という強敵が出現したことを知った。ほかにも郵便局も着々と顧客の信頼を得て営業力を強化している。うみはま銀行の全行員が、包囲網が徐々に狭まってきているのをひしひしと感じているはずだ。

恒例の勉強会が終わった後で、講師役を務めてくれたかつての上司の若白髪の支店長に細川次長が聞いた。

「最近、営業店の若手で辞める人が増えているんだって？」

「ええ、うちの支店ではまだいませんが、ぼちぼち出ているみたいですね」

「例えば、どんなところに再就職しているの？」

「市役所のような自治体の中途採用に応募する者もいますし、東京のコンサルティング会社に就職する者もいます。浜松でしたらメーカーも多いので、中途で入社して財務経理の仕事に就く人も多いと聞きます」

「ふうん、さまざまだな。でも昔は、家業を継ぐなんて人以外はあまり辞めなかったものだけどな」

青山夏美や藤咲里香などぼくたち同期は黙って聞いていた。同期でもまだ僅かだが退職して別の会社に再就職するケースが出ていた。

「まあ、労働市場も年々流動化していますから、昔のようにみんな揃って終身雇用というわけにはいかないということでしょうか」

「ま、そうかもしれんけど、ちょっと寂しい気もするな」

細川次長が深くため息をついた。

若い人材の流出は、半生をかけて今のうみはま銀行を築き支えてきた次長にはやはり辛い現象なのだろう。

2

四月に入り新たな年度を迎えた。

相変わらず花村頭取は入院したままだ。代表取締役となった川中専務が代行で経営の指揮をとっているというが、挨拶状が取引先に配られただけで、行員に対して特に新しいメッセージの伝達はなかった。

駅前から中央通りを北に二百メートルほど歩いたところに中日本銀行の支店がある。家電や紳士服の量販店とオフィスビル、大型マンションが入り交じったエリアで、特に目立つ立地ではない。もともとは名古屋に本社を置く第二地銀の支店で、手堅い商売をしているイメージはあったが、うみはま銀行の行員にとってそれほど脅威を感じたことはなかった。

そこに、営業開拓専任の行員が名古屋や岐阜から大量に派遣されたと聞いた。フリーアドレスのオフィスらしく、行員はそれぞれの定位置のデスクを持たない。どころか、もともとの支店スペースはそれほど広くないので、行員の数だけデスクはなく、聞けば会議室は椅子をなくして立って会議をするという。

朝出社して、まず自分のデスクでパソコンを開いてメールをチェックし固定電話で取引先のアポを取るという仕事のスタイルに慣れていたぼくは、その発想の転換に驚いた。みんなどうやって仕事をしているのだろう？

「仕事は基本オンラインでやっていて、スマホを駆使しているらしい」

事情通の原口が訳知り顔で言う。スマートフォンは一般に広く普及していたものの、ぼくは仕事ではスマホをほとんど使っていなかった。

「でも、そんな仕事のやり方じゃあ、落ち着いて取引先と会話もできないだろうし、デスクもないんじゃ、大した提案資料も作れないだろうな」

一緒にいた白木は、鼻で笑って口笛を吹いた。

「でも、支店を廃止して経費を削減するということは、支店に所属していた行員はデスクを失うということでしょ。それに、多くの行員が日中取引先回りをするのならデスクは別の人とシェアするのが確かに合理的よね」

合理主義者の藤咲里香はそうのたまうが、ぼくはその発想には、まだついていけなかった。

ぼくたちがこんな会話をしている間にも中日本銀行は着々と影響力を拡大していった。ある日、特に親密取引先というわけではないが、毎年一億円ほど資金を借りてくれる重要顧客の経理課長と担当者がうみはま銀行の本店にやってきた。

西遠交通というバス会社で、静岡県西部にバスとタクシーの営業網を展開している。子会社にスーパーや保険の代理店などもあり、最近は不動産など関連事業部門も堅調に伸びていた。

この会社はいくつかの銀行と取引をしていて、年間の設備投資額のほとんどを借入でまかなうが、そのシェア割りを年度のはじめに決めて各行に通知することを慣例としている。

今年も一億円か、少なくとも五千万円ぐらいの取引にはなるだろうと桑田課長と面談に臨んだ。

「え、一千万円ですか！」

桑田課長が、一瞬絶句した。

「なにか特段の事情でも？　投資額を大幅に切り詰めるとか」

「いえ、そういうわけではありませんが…」

西遠交通の経理課長は口を濁した。

「あるいは、なにか当方に落ち度でも？」

「いやいや、ご心配なく。ちょっとした社の方針転換がありましてね」

「そりゃ、なんですか？」

桑田課長が食いついた。

「ちょっとまだ詳細にはお話しできませんが、いわゆる調達方法の多様化を試みようと思いましてね」

「あ、そういうことでしたら、当行もいろいろとご相談に応じますけど」

経理課長はにこにこしながら「いや、まあねえ」と煮え切らない態度で帰っていった。

客を見送った後の桑田課長の不機嫌度は史上最悪だった。

「星沢、お前なにやってんだよ。ぼやぼやしてるんじゃないよ。さっさと西遠交通の担当者のところに会いに行って事情を聞いて来いよ」

（今会ったばかりなのに、追いかけていって事情を聞けというのも…）

と思いつつ、ぼくは早速電話をかけて、翌日の朝に面談のアポを取った。

「今度債券を発行して調達するようにしたのです。私募債というやつで、地域交通という仕事柄、地元のいろんな業界とつながりがあるものですから、皆さんに投資家になってもらって一応格付けを受けて債券を買ってもらうという仕組みです」

ぼくは驚いた。それまで銀行借り入れしか考えていなかった会社が債券だなんて、誰の入れ知恵だろう？

「中日本銀行さんですよ。プレスリリースは今日の午後だから、まだ誰にも言わないでくださいよ」

担当者から念を押された。

（中日本銀行か……）

ぼくは、ぼうっとしていたことを深く反省した。

中日本銀行の営業攻勢は、浜松市内のみならず、うみはま銀行の営業エリア全域を席捲した。

まず金利では、誰にも負けない低金利を出してきた。さすが金利激戦区の名古屋・岐阜で鍛えぬいたつわものである。加えて、提案力もすごい。シンジケートローンなどのアレンジはお手の物で、私募債のほかにも金利スワップだの事業承継絡みのＭＢＯのバックファイナンスだのとさまざまな手法を使って浜松の法人向け金融市場に旋風を巻き起こした。

「彼らは、われわれの考えている銀行員ではなく、むしろ投資銀行に近い専門家集団だな。これに立ち向かうには、徹底的な地元回帰のリレーションシップ・バンキングしかないぞ」

本間係長が髪を掻き上げて檄を飛ばす。

「たしかに、中日本流の飛び道具や離れ業に対抗するには、地場銀行ならではの地に足がついたドブ板営業で対抗するしかありませんね」

芝崎主任がジョッキ片手にうなずく。

いつもの駅裏の居酒屋で残業後の憂さ晴らしの飲み会である。

「でも、うちも影響受けていますけど、富士山銀行はかなり取引先食われていますよね」

芝崎主任が早くも二杯目のジョッキを手にしている。

「まあな。営業スタイルが似ているから、一枚上手《うわて》の中日本が本気出して人と資金を大量投入してきたら、さすがの富士山銀行もたじたじってとこかな」

本間係長もジョッキを空にする。

「まあ、富士山は屋台骨が大きいから少々いじめられても大丈夫だけど、うちはやばいよね」

「はい、やばいっす」

（なんか、暗い飲み会になりそうだ）

ぼくは、ふと先日会った、本州ガスに勤める元同級生の佐々木涼太との会話を思い出した。彼は今度東京に転勤になるらしく、行きつけのワインバーでささやかな壮行会を開いてあげた。

「うちの経営企画室長が紹介した朝月さんていう経営コンサルタントの女性、先月星沢の銀行と正式に契約したらしいけど、あまり機能していないみたいだよ」

「え、それ、どういうこと？」

「中日本ていう銀行から統合のオファーを受けて、これに対処するためアドバイザーとして雇われたそうだけど、うみはま銀行の方針が固まっていないので、どう動いていいかわからないって、うちの波多野室長にこぼしていた」

「どう動くって？」

「よくわからないけど、買収防衛策を検討するのか、買収を受けることを前提に高く売りつける、つまり従業員の雇用を守るということだと思うけど、そのどちらにするか方針が決まっていないらしい。両面作戦と言っているそうだけど、アドバイザーからするとメリットとデメリットは明らかなんだから、後は判断すればいい。その判断が決まらずに揺れ動いているからやってられない、と言っていた」

（へえ、あの美魔女スイマーがうちの銀行の経営アドバイザーなのか。ちょっと想像できない不思議な取り合わせだけど、どっちに泳いでいいかわからないんじゃ、困っちゃうだろうな）

ぼくは、それ以上この話題に深入りしなかったけど、なぜか急に興味深く思い出された。
（それはそうと、この銀行は、いったいどっちの方向に進んでいくのだろうか？）

3

「やはり今度の決算も昨年に続いて実質赤字らしい。それで、いよいよボーナス減らされるみたいだぞ。一律一か月カットって聞いた」

昼休み、廊下から顔をのぞかせた原口に「ここだけの話だぞ」と言って、告げられた。その手には、『財界セントラル』という中部経済界のゴシップをネタにする情報雑誌が握られている。

「ほら、この記事見てみろよ」

原口が開いた頁を見ると、『八方ふさがりのうみはま銀行。いよいよ救済合併か』との大きな見出しが目に入った。

『苦境に陥ったうみはま銀行が中日本銀行に救済合併を申し入れるのは時間の問題』という小見出しの後に、中日本銀行の経営幹部が東京で開かれた第二地銀協会の会合の後で、都内某所の料亭でうみはま銀行の専務と極秘の会談をした、とまるで見てきたことのように書いてある。

一方で、十年前の男性行員の横領事件を持ち出して、「不祥事続発、行員の規律緩み、顧客のうみはま銀行離れが加速」との記事もあった。

「どうせガセネタだらけのゴシップ記事だろ」

ぼくが冷たく言い放つと、

「そうとばかりは言えないぜ。火のない所に煙は立たない、と言うじゃないか」

原口はそう言ってにやりと笑った。

その翌日、社内で衝撃的なニュースが走った。

二年前に企業情報室という部署が花村頭取の肝煎りで立ち上がった。浜松市内の自動車部品メーカーに多いオーナー経営者が軒並み七十歳台と高齢化してきていて、その後継者や事業を承継する企業を探すことが喫緊の課題となっていたため、これをサポートして存続を図り地域の産業力を維持拡大する、という役割を担うのが企業情報室である。つまり取引先向けにM＆Aのアドバイスをする専門の部隊だが、そのスタッフが室長以下チームごと中日本銀行に引き抜かれた。

「そんなのありかよ！」

本間係長は憤慨していたが、こういうことが現実に起こるのだ。そして、人材の流出は次第にうちの営業部でも櫛の歯が欠けるように顕在化していった。

ぼくは、だんだん気持ちが暗くなっていった。銀行全体のムードが沈み込むのが手に取るようにわかり、でもどうしていいかわからない状態だった。職員同士が疑心暗鬼に陥り、笑いさざめくような日常会話も消えていった。

「取り付け騒ぎを起こさない、起こさせない」

誰かが標語のように唱えだした。

（これって耐え忍ぶ雌伏の時、それともジリ貧の状態ってこと？）

青山夏美の直接の指導役だった課長代理の男性が、急に退職していなくなった。行き先は教えてもらえなかったと、さすがに気丈な夏美もショックを受けてふさぎ込んでいた。

（行員のゾンビ化が広がっている）

ぼくは沈んでゆく船を茫然と見ている船員のような気分を味わっていた。

悪いことは重なるものである。

五月の連休明けのある日、ぼくは新しいスマホに買い替えたので、うれしくなって追加したアプリで経済新聞のネットニュースを見ていた。すると、『富士山銀行が緊急記者会見』というトピックが流れた。その直後、『富士山銀行、中日本銀行と業務提携。まず広域で営業情報を共有』と出た。その解説記事を読むと、『まずお互いの組成するシンジケートローンを優先的に相手行に紹介。さらに事業承継などM&A情報も共有する』とある。

（この程度の業務提携なら、大したことはないな）

ぼくは、そう思いながら次に出た解説記事を読んで驚いた。

『富士山銀行は中日本銀行と業務提携することで、相互不可侵を取り決めたのではないか。つまり、浜松、磐田、掛川、島田といった大井川以西のエリアでは富士山銀行と中日本銀行はお互いのシェアを食わないかわりに、他行のシェアは草刈り場とする。また、大井川より東には、中日本銀行は進出しない、という取り決めである』

（大井川以西の他行って、うちの銀行のことだよな）

ぼくは、かつて出たゴシップ記事の見出しを思い出した。

『八方ふさがりのうみはま銀行』

今まさにうちの銀行は、四方八方を囲まれて四面楚歌となっている。

その数日後、さらに追い打ちの記者発表があった。

『まつしろ信金は、牧之原信金との統合作業を加速、今年十月には「まっちゃ信用金庫」が誕生する予定』

明らかに富士山銀行と中日本銀行の業務提携を意識した発表である。

ぼくは囲碁も将棋も下手だけれど、囲碁で自分の石が着々と囲まれていく、あるいは将棋で自分の玉がだんだんと詰まされていくのを見ているのってこんな感覚なんだろう、と思った。どんどん首が絞まっていくのに気づいているのに、オロオロして手をこまねいていて、ある日突然チェックメイト（王手）と言い渡される。その瞬間、心臓が痺れてばたりと倒れるんだろうか。

4

六月に入った。梅雨空が広がる中、株主総会が開かれた。

ぼくが入行した時の株価は一株三百五十円ぐらいだったと思う。それが今は二百円を大きく割り込んでいる。

案の定株主総会は荒れたらしい。起死回生の再建策はあるのか、中日本銀行からの吸収合併の提案に対しては、どう対処するのか。富士山銀行とは提携する可能性はあるのか。そして自力再生の道を歩むのなら具体的な青写真を示せ、といった質問や意見が相次いだ。

後から聞いた話では、この時に経営幹部は株主が十分に納得するような説明はできなかったらしい。そして株主から緊急提案がなされ、花村頭取の前の頭取で、去年まで会長だった浅沼《あさぬま》顧問が急きょ代表取締役会長に返り咲くことになった。浅沼会長は、うみはま銀行の中興の祖と言われた人物で、十年ほど頭取を務めた後、会長を三年ほどやって七十になり、後進に道を譲ると引退した。その後、顧問となり、全く経営にタッチしていなかったにもかかわらず、今回突然のカムバックである。そして、この経営陣の予期せぬ異動は、混乱にさらに拍車をかけることになった。

「昔、怪獣映画でゴジラと戦ったキングギドラっていただろ。一見強そうだけど、頭が三つあって事態が錯そうすると三つの頭がてんでバラバラに動いて、統制が取れなくなって自滅するというやつ。今のうちの銀行がそうだぜ。代表取締役が三人いて、一人は往年の名選手だが、今や老害そのもの。一人は、病気療養中。一人は、プロ野球のペナントレースの途中で突然監督がいなくなって、お前監督をやれって急に言われたコーチ。これじゃ、なにがなんだかわかんないよな」

口の悪い白木が言うのを隣で原口が「そうそう」とうなずいて聞いている。自分の上司の悪口を言うのはサラリーマンの常道だが、こう話が大きくなると、どうにも相槌を打つ気になれない。

「じゃ、どうすればいいわけ？」

ぼくが聞くと、白木の代わりに原口が「決まってるじゃん」と即答した。

「中日本銀行に統合してもらうの。そうすれば、俺たち、日本のトップ地銀の社員だぜ。名古屋の本店はもちろん、東京や大阪にも支店があるし、海外だって行ける。肩で風切ってウォールストリートとか歩いたりしてさ、超かっこよくね」

（うーん、このノリの軽さは昔からだが、そううまくいくのかな？）

ぼくが、首を傾げていると、

「ま、いずれそのようになるさ。星沢もさ、青山たちとの勉強会はいいけれど、邪魔だけはしないでくれよな」

白木はそう言って、原口と「もう一軒行こうか」と言いながら『お勘定』のパネルを押した。最近、浜松の居酒屋チェーン店でも急にタッチパネル式のオーダーシステムが普及し始めている。ここでもデジタル化の波が人件費の削減を推し進めている。

「フィンテックか、もっとしっかり勉強しなくちゃな」

ぼくは、ふと思いついて、忘れないように割りばし袋に『フィンテック』とボールペンで書いた。


その翌日、少し飲んで騒いだせいか、喉が痛くなって、本店別館に入っている診療所に薬をもらいに行った。

（あれ、いつもの年寄り先生じゃないや）

この診療所は内科専門で、浜松の医科大学を定年退職した先生がいつもは診察してくれる。その先生のほかにも附属病院のお弟子さんらしい内科の先生が、交代で診察してくれるが、みんな中年のおじさんで、若い女の先生は初めてだった。

「どうされました？」

ハスキーな声は魅力的なんだけど、ちょっとアンニュイな雰囲気が漂う。細面で切れ長の目、色白で首がすっと細くて、体つきはスリム。脚がすらりと長くてモデルさんみたいだ。

「ちょっと風邪気味で。熱はないけど、喉が痛くて」

「そ、じゃ口開けて」

一瞬見たと思ったら、すぐにカルテを打ち込んだ。左手の薬指に銀色の指輪が光っている。

「薬出しておきますから」

（え、もう終わり？　もうちょっと、だるいですか、とか、咳は出ませんか、鼻水や痰はどうですか、とかなんとか聞いてほしいな。ついでに聴診器当てて胸の音とか聞いて、薬の処方とか説明してくれてもいいのにな）

と思っていると、「どうしたの」という風に、髪をかき上げた。その瞬間、手首に切り傷の跡が何本も残っているのを見て、ぼくはハッとして首をすくめた。

「あ、これ。ちょっと切っちゃったの」

女性医師は、ぼくの視線に気づいて軽く言い訳をすると、後は涼しい顔をしている。

「で、ほかにも、なにか？」

改めて聞かれて、ぼくは慌てて「ありがとうございました」と言って立ち上がった。

その時見た電子カルテの担当医師名に「氷室麻衣子《ひむろまいこ》」と書いてある。

（女優さんみたいな名前だな）

ぼくは、そう思うと後ろ髪を引かれるように処置室を出て、一度振り返ってから足早に薬局に向かった。

5

七月一日。中日本銀行は、ＴＯＢ（株式公開買い付け）をうみはま銀行に宣告した。買い取り価格は現在の株価から約三割アップの二百円。目標株式数は、五十一パーセント、期間は二か月。典型的な、敵対的ＴＯＢである。つまり、痺れを切らしてついに勝負に出た、ということだ。
うみはま銀行の経営陣は、すぐにこのＴＯＢへの反対を表明し、株主に対して買い取りに応じないように要請するとともに事業再構築に向けた革新的な経営方針を打ち出すことを約束した。


七月に入ってまもなく、細川次長が声を掛けて、久しぶりに勉強会のメンツが集まった。小早川代理と青山夏美、藤咲里香と黒岩大三郎、そしてぼくである。

細川次長が風変わりな人物を連れてきていた。若づくりだがぼくよりはずっと年上の男性。髪はぼさぼさで、日焼けした精悍な顔にあごひげをはやしていて、フィリピンの大統領が着ているような白い開襟シャツにだぶだぶのコットンパンツ、肩に風呂敷のようなヨットパーカーを引っ掛けているが、どう見ても美的センスがあるようには見えない。

「こちら上条徹《かみじょうとおる》さん。俺の大学の同級生で、元官僚。かつては銀行行政に携わった金融政策のプロだったが、どうしたわけか外務省に出向して中国大使館に行って易学や風水にはまった。さらにインド大使館に行ってガンジス川のほとりで悟りを開いたと称して退官した、という変わり者。同期からはヨガ仙人と呼ばれている。今はさすらいのコンサルタントで、たまたま浜松の企業再生の案件でこちらに来ていると聞いて、今日は講師で呼んだ」

男性は軽く頭を下げて挨拶した。

「上条です。ナマステ（よろしく）。今ヨガというかアーユルヴェーダに凝っています。人も企業も生きるエネルギーを持っていますが、そのバランスが崩れると病気になったり、経営が傾いたりします。その原因を見つけて直すのが私の仕事です。また、風水も大事です。人も企業も気が流れ運気が溜まる場所に身を置くことで、モチベーションが湧き、人材や資金も集まってきます」

（なるほど、ちょっと西遊記に出てくる河童のお化けの沙悟浄《さごじょう》のイメージに近いけど、河童ってあごひげがあったかな？）

「ひげがないとヨガのインストラクターに間違えられてしまうので、あえて生やしています。仙人と呼ばれていますが、経営が傾きつつある会社を立て直す企業ドクターを自称しています」

ぼくの脳裏に浮かんだコメントを察したのか、上条さんが付け加えた。

（すごい、人の心を読む。さすが仙人だ！）

「ところで、上条さんには、わが銀行の状況を分析してもらい、打開策を考えるヒントを一緒に考えてもらおうと思う。つまり、うみはま銀行の一日アドバイザーだ」

細川次長が真面目なトトロの顔に戻って伝えた。

そこでぼくは、手を挙げた。

「上条さん、研究されている風水によれば、この銀行の立地場所はいかがでしょうか？」

上条さんは、頭を真後ろに四十五度倒して天井を見上げてから答えた。

「風水にもいろいろな考え方があります。土地における気の流れは不変とする説もありますが、私は時と場所は相互に連関していると考えます。つまり時代の移り変わりにより運気が集まる場所も変わります。例えば、かつては浜松の駅前は市内でもっとも賑わって活気がある場所でした。しかし、残念ながら今や駅前の活気は急速に衰えています。つまり気の流れが変わったわけです。この流れをくみ取って、銀行も店舗の配置などを変えたら、あるいは運気をつかみやすくなるかもしれません」

「すると駅前に本店を構える必要はないということですか？」

青山夏美が鋭く聞いた。

「そうです。確かに利便性は損なわれるかもしれませんが、本店機能を駅前に置く必要はありません」

そこで、藤咲里香が口を挟んだ。

「さきほどの、アーユルヴェーダのバランスの話ですが、うちの銀行に即して言えば、どのようなバランスが崩れているのでしょうか」

上条さんは、軽く微笑んだ。

「私は、皆さんの銀行の経営が傾いているとは思っていません。しかし、繁盛しているお店は入った途端に店の活気を感じます。こちらの銀行は残念ながら、そこまでの強いパワーは感じられませんでした。ですが、間違いなく静かなエネルギーを醸し出しています。さほど強烈ではないかもしれませんが、まだ十分な気が満ちています」

「今、わたくしたちの銀行は敵対的な買収の提案を受けています。これに対処するにはどうすればいいのでしょうか？」

リーガル女子の藤咲が核心に迫る質問をした。

「皆さんは、どうしたいのですか？　もし、対抗したいのなら、外科的な手段と、内科的な処方の両方があります」

「外科的と言いますと？」

「いわゆる三つの買収防衛策です。まず、白馬の騎士（ホワイトナイト）。中日本銀行のほかに、皆さんが大株主になってもらいたい友好的な相手を探すことです。今の状況では、富士山銀行がそれです。でも、富士山銀行に買収されたいですか？」

ぼくたちは、みんな首を横に振った。

「次は、焦土戦術です。この銀行の資産を、例えば別の企業に譲渡して、企業価値を下げることです。しかし、ほかの業種ならともかく、銀行業を引き受ける相手となると、銀行しかありませんから、富士山銀行でなければ、メガバンクか信託銀行に頼むことになりますが、彼らだって資産を圧縮してスリム化を図っているところですから、この手法は無理があります。残る一つは、逆買収（パックマン・ディフェンス）です。つまり、皆さんが中日本銀行に対して買収を仕掛ける、という作戦ですが、これは無理ですよね。先方の株主が納得するような価格で支配権を握ろうとすると資金調達も大変ですからね」

ぼくたちは静かにうなずいた。

「ほかにも、買収防衛策は、いくつかあります。例えば、役員や従業員の退職金を高額に設定して、買収した後のリストラをできるだけ困難にして買収そのものを回避する手立てもあります。でも、多くの防衛策は、あらかじめ準備しておくものです。しかし、まさか日本の銀行同士で敵対的なＴＯＢを仕掛けてくるとは思ってもいなかったでしょうから、そんな準備はしていないのが普通です。それに防衛策はたいがい企業価値を損なうものが多く、買収を免れても株主や顧客の信頼を取り戻すのは大変です」

「では、内科的な処方とは、どんなものですか？」

それまで黙っていた黒岩大三郎が聞いた。

「それは、自ら経営改革に取り組み、市場の評価を高めて、株価を上げる方法です」

「でも、それなら、ますます中日本銀行はうちの株式を欲しがりますよね」

夏美が、横から口を挟んだ。

「そうです。でも、中日本銀行と組ませない方が、うちの企業価値が上がると株主が判断すれば、ＴＯＢは成立しません」

「え、そんなことができるのですか？」

「さ、できるかどうかは、皆さんのやり方次第です。でも、時間は二か月しかありません。すぐ動く必要があります」

ぼくは、夏美と顔を見合わせた。

これまで何か月も、いや何年も、近い将来この銀行の収益基盤が次第に失われていくという心配を抱えたまま、なんの具体的な対策も打たずに時間が過ぎていった。それを、余命宣告を受けた今になって、あと二か月でなんとかしろって言ったって、それは無理だろう。

上条さんは、なにか勝算があって、言っているのだろうか。もし、処方箋があるなら、ぜひとも教えてほしい、と思った。


その数日後、人事異動があった。

営業部の細川次長が、経営企画部の担当部長兼企画室長に返り咲いた。

「前任の企画室長は、会計士の資格持っていてさ。大手の会計事務所に引き抜かれたそうだ。近いうちに、いろいろと異動がありそうだぜ」

同期の原口がこっそりと教えてくれた。相変わらず情報が早い。

この翌日、ぼくは、経営企画部の企画室に異動となった。小早川課長代理も企画室の室長代理となり、ぼくは、主任となって、細川室長や小早川代理をお手伝いする仕事を受け持つ。ぼくの後任には、一年後輩の理系女子が磐田の支店から転任してきた。吹石奈美《ふきいしなみ》というぼくの出た地元の大学の工学部の後輩で、ばりばりのシステム工学のプロとのこと。本店で営業経験を積んだあと、情報システム部門に回されるのかもしれない。

ぼくは、取引先にあわただしく引継ぎの挨拶をして、本店営業部在任一年三か月で経営企画部企画室へ移った。

第六章　美魔女VS仙人

1

経営企画部でのぼくの初仕事は、緊急経営会議のメモ取りだった。

役員会議室の大きな円形のテーブルの正面には浅沼恵三《けいぞう》会長の席がある。入院療養中の花村雄一郎頭取は欠席で、浅沼会長の席の左に川中信吾《しんご》専務兼管理本部長が座っている。その隣に名取《なとり》常務兼システム統括部長。反対側には、一色常務兼経営企画部長、その隣は立花《たちばな》常務兼営業本部長。若槻《わかつき》監査役の顔も見えた。

末席の事務局席に、細川室長が座っているが、その隣に見慣れない人物がいる。

（あっ、ヨガ仙人だ。なんでここにいるのだろう？）

ぼくは驚いて、右隣にいる小早川代理の顔を見たが、小早川代理は観音菩薩のように手と手を重ねて落ち着いた表情で正面を見ている。

そこに、秘書がドアを開けて、浅沼会長が会議室に入ってきた。仕立ての良い紺の背広に真っ赤なネクタイをして、胸には淡いピンクのポケットチーフをあしらっている。顔の血色も良く、足取りも軽い。

その会長が後ろを振り返り、「どうぞ、こちらへ」とテーブルの役員席を示した。そこに白いスーツ姿の妙齢の女性が現れた。会議室の中に静かなざわめきが起こる。

女性は、常勤役員とは離れた席に座ったが、その長い黒髪と色白の整った美貌を見て驚いた。

（美魔女スイマーだ！）

「では、経営会議を始めます」

一色常務がおごそかに開会を宣言し、すぐに浅沼会長が後を引き継いだ。

「今日集まってもらったのは、ほかでもない。中日本銀行がうちを買収したいと言ってきている。まだ自分たちの屋台骨も定まらんうちにこっちまで触手を伸ばしてきた。礼儀作法もわきまえず、まことにけしからんことだ。そこで、対抗措置を取ることに決めた。ついては、こちらの朝月マリさんに、当行の経営アドバイザーを頼むことにした。朝月さんは、以前この浜松に住んでらっしゃったこともあり、当行のこともよくご存じだ。このたび、お願いしてはるばるシンガポールから当行のために駆けつけて下さった。どうかよろしくお願いしたい」

川中専務や一色常務は、あらかじめこの話を聞いていたようだが、ほかの役員は一様に衝撃を受けているみたいだ。名取常務や若槻監査役の顔が強張るのが見えた。

「では、朝月さん、よろしくお願いします」

一色常務が淡々と司会進行を務めた。

朝月マリと紹介された美魔女スイマーは、おもむろに立ち上がって挨拶をした。

「朝月と申します。アメリカで法律事務所に勤めた後、長らくファンドの運用に携わっておりました。その後シンガポールで次のビジネスの準備をしておりました折に、縁あってこちらに呼んでいただきました。御行のためにできる限りのことをさせていただきますので、どうぞよろしくお願いします」

（あ、思ったより普通の挨拶だ）

ぼくは、なにかとんでもないことを言うのではないかと思って警戒していたが、ひとまずほっと安心した。

「さて、ただ今、会長からお話がありましたように、御行は中日本銀行のＴＯＢのオファーに対して反対の立場を取ると決められました。したがいまして、まずは対抗策を実行に移す必要があります」

朝月アドバイザーは、ここで一旦言葉を切って、静かに全役員の顔を見渡した。

「私がこの銀行のオーナーとなります」

（えっ？）

ぼくは耳を疑った。

「もちろん私の資産だけではなく、私の運用するファンドで相当数の株式を取得します。さらには海外の著名なファンドマネジャーに声を掛けてこちらの銀行の株式に投資していただきます。あらかじめ調べたところ、御行の外国人株主比率は数パーセントにも満たないようです。海外の投資家も含め私どもの投資チームで、こちらの株式を三十パーセントほど取得したいと思います。ただし、条件があります。この銀行の経営体質を徹底的にブラッシュアップし、日本で最も優良な地方銀行の一つになっていただくことが条件となります」

会議室全体に言いようのない緊張感が漂った。中にはこの場で退職を勧告されるのではないかと怯えた役員もいたようだ。外資の乗っ取りファンドの上陸宣言のようにとらえた役員もいたに違いない。

「私は先ほどオーナーと申し上げましたが、この銀行を支配しようとするつもりはありません。ですから、役員の皆さんには引き続きご活躍いただきたいと思いますし、従来からの経営方針も尊重させていただきます。ただ、いくつかささやかな提案をさせていただきたいと思います」

凛と響く朝月アドバイザーの声は、もはや美魔女ではなく女王だった。白馬の騎士（ホワイトナイト）ではなく、白馬の女王（ホワイトクイーン）と呼ぶしかない。

そこで朝月クイーンは、ゆっくりと両手を広げて左右に差し伸べた。

「まず、この本社ビルを売却していただきます。売却して得た利益は、今実施している職員の早期退職費用のみならず、次に述べます発展性のある経営戦略に使っていただきます。その一つとして、まつしろ信用金庫と業務提携していただきます。単なる提携ではなく、実質的に統合するような密度の濃いものにする必要があります。例えば競合する営業店を統廃合します。一つのお店に御行とまつしろ信金の二つの看板を掲げ、ATMも相互に利用します」

ここで、たまらずシステム担当の名取常務が手を挙げた。

「すみません、質問していいですか？」

「どうぞ」

朝月クイーンは、おもむろにうなずいた。

「この本社を売却して、われわれはどこに行けばいいのでしょうか？」

「売却した上で、そのうち必要最小限を借り戻せばいいのです。営業本部は規模を縮小してここに残ります。他方、本社機能の大半は、移転します」

「どこに行くのですか？」

「一つの可能性として、まつしろ信金の本社の隣のビルが空くそうです。そこに移転されてはいかがですか？」

今度は、営業本部長の立花常務が質問した。

「そもそも信金と地銀では業態が全く異なります。統合と一言で言いますが、簡単にできることではありません」

「ですから、限りなく統合に近い業務提携と言ったのです。しかし、実態上は、個人向けや法人向けを問わず各金融分野で双方は少なからず競合していますので協力の効果は十分期待できます。単なるエリア拡大の水平統合ではなく、異業態との業務提携をうまく実現すれば金融再編の先駆的なモデルになると思います」

そこで、浅沼会長が声を上げた。

「この提携の話は、私が責任を持ってやろう。まつしろ信金の理事長とは長年に渡る懇意の仲だ。先方にとっても中日本銀行の進出や中日本と富士山銀行との提携は脅威のはずだ。いろいろと相談に乗ってくれるに違いない」

朝月クイーンは、「ありがとうございます」と言って、話を続けた。

「次に、システム経費は大幅に削減する必要があります。クラウドを活用した仕組みが日本でも各業界に広がりつつあります。これまで各銀行が膨大なコストを掛けてそれぞれ単独のシステムを整備してきましたが、このクラウドを使えば、費用を大幅に抑えることができます。もちろん信頼性の確保が必要ですが、至急検討していただけませんか」

これには、川中専務が手を挙げて答えた。

「名取常務と相談して、うちのシステム部門に早速検討させよう」

朝月クイーンはうなずいて、さらに話を進めた。

「それでは、営業戦略について話します。今金融界ではＡＩ（人工知能）を活用したフィンテックが大きな話題になっています。いわゆるＤＸ（デジタルトランスフォーメーション）、つまりデジタル化ですが、あらゆる業界がこれへの対応に追われています。そこで、御行がＡＩとフィンテックを足掛かりに、取引先を巻き込んだデジタル化の地域クラスターの先進モデルをこの浜松エリアで築ければ、他行の追随を許さない革新的な経営資産となります」

「それはそうですが、いったいどうやって？」

立花常務兼営業本部長が、上ずった声を挟んだ。

「ＡＩフィンテックファンドを作ります。これは私がメインの投資家となり、御行からも相当額の出資をしていただきます。運用が軌道に乗れば、浜松の各企業からも出資を募ります」

「大変いいアイデアだと思うが、担当はどうしましょうか？」

立花常務が聞くと、一色常務が横から答えた。

「これは、うちの経営企画部で段取りを組んでみましょう。ただし、営業本部にぜひともご協力をお願いしたい」

「いいでしょう。まず、やってみましょうか」

朝月クイーンの突然の登場に最初はどうなるかと思ったが、最後はなんとか衆目の一致するところ、この枠組みに沿って頑張るしかない、というコンセンサスが得られたようだ。しかし、方針は定まったものの、わずか二か月で成果が上げられそうなものはただの一つもない。ぼくは、本当に大丈夫なのか、かなり不安になった。そして、改めて中日本銀行の影が重くのしかかってきているのを全身で感じていた。

2

経営会議の後、経営企画部の部屋に戻ると、上条さんが、部室内を挨拶して回っていた。ぼさぼさの髪を短く刈って、ライトグレーのスーツを着ているが、仙人というよりも、ゲゲゲの鬼太郎に出てくるねずみ男に限りなく近い。到底銀行員とは思えないアロマオイルのような妖気が漂っている。

「上条さんて、うちの経営コンサルを引き受けたんですか？」

ぼくは、こっそりと小早川代理に聞いた。

「いえ、そうじゃなくって、うちの職員に採用されたんですって。もっとも特別嘱託で一年契約だけど。役職は企画室の副室長よ」

「ふーん、美魔女にヨガ仙人か。うちの銀行も人種のルツボですね」

「あら、どちらも日本人でしょ」

小早川さんが微笑んで言った。

(この人は、いつでも全く平常心で動じないな。それはそうと、美魔女とヨガ仙人はもう顔合わせしたのかな?)

ぼくが、ぼうっと考えていると、細川室長に呼ばれた。

「星沢、早速仕事だ。例のAIフィンテックファンドの話、組織的な枠組みや行内への周知は小早川君に頼むから、君にはその投資案件の弾込めをお願いしたい」

「え、弾込めって、案件探しですか?」

「そう、その通り。君、理系で営業部出身だろ。適任じゃないか」

細川室長は、そう言ってにやりと笑った。

(トトロじゃなくて、湯婆婆《ゆばーば》だ)

ぼくは、細川室長のジキルとハイドの両面を知った。

「というわけで、頼まれちゃったんですけど」

ぼくは、上条仙人に泣きついた。

「ふーん、とりあえず古巣の営業部に行って、御用聞きして回ってきたら。それから、この前勉強会に出ていた同期の男の子いただろう？」

「はい、黒岩大三郎です」

「彼、ＡＩやフィンテックのこと詳しそうだから、彼に少し基礎知識を教えてもらったら」

ぼくはうなずいてから、つい気になっていた疑問を口にした。

「ところで、朝月さんて、すごい人ですね」

「ああ、彼女、シンガポールでも有名人だった」

「もともと弁護士なんですか？」

「そう。お父さんは転勤族だったらしいけど、中学、高校の頃に浜松にいたらしい。東京の大学出て、弁護士になって、アメリカに留学してそのまま向こうのローファームに入って仕事仲間のアメリカ人弁護士と結婚した」

「あれ、ご主人いらっしゃるんですか？」

「いやバツ一。それで投資銀行に入ってファンドの運用を始めたところ、これが大当たり。リーマンショックでつぶれそうな企業を見つけて投資しまくって、どんどん再生させていって巨万の富を築いた」

「巨万て、いかほど？」

「さあ、百億はくだらないかも」

「そんなに！　それで、シンガポールでなにをしていたんですか？」

「さあ、なにもしてなかったんじゃないの。超高級なコンドミニアムのプールサイドでトロピカルドリンク飲んでファッション雑誌めくってくつろぐ、とか。たまにイケメントレーナーについてジムで汗流した後で、スパエステでワイン風呂につかって美白トリートメントするとか。後は、モルディブあたりでクルーザー借り切ってスキューバダイビングしてマンタの群れの渦に身を任すとか。ま、そんなところかな」

ぼくは、美魔女の圧倒的な泳力を思い出した。なるほど、マンタと競争していたわけか。

「そんな人が、どうして浜松へ？」

「わからないけど、ま、飽きたんじゃないの」

ぼくだったら、そんな暮らし絶対飽きないけどな、と思いながら、慌てて古巣の営業部に走っていった。

3

本間係長は、例によって頭をぼりぼり掻きながら、

「フィンテックねえ」

とつぶやいた。

桑田課長は、兼務発令で次長に昇格してうれしいらしく、最近新しい名刺を持って一人で取引先を回っているようだ。もっとも、小早川課長代理の後任が来ていないので、本間係長も芝崎主任もひどく忙しそうだった。

「最近流行りの自動家計簿って、あれフィンテックだろ」

「え、なんすか、それ?」

「まだ普及し始めたところらしいけど、資金の出し入れや領収書の仕訳を自動的に管理して、決算書類や税務申告書をつくる仕組みらしいよ」

「え、領収書を打ち込むんですか？」

「違うよ。ＡＩが読み取ってどんな科目か判断するんだよ」

「すごい！　それ、東京のＩＴ企業が開発したんですか？」

「いや、浜松でも、そんなサービスを始めたところがあると聞いたぜ。そうだ、小早川さんのご主人、税理士だろ。聞いてみたら」

ぼくは、意外と身近なところにフィンテックのヒントがあるもんだ、とちょっと気分が軽くなった。

「吹石《ふきいし》さん、その後順調ですか？」

少し気持ちが緩むと先輩風を吹かせたくなるのが人情である。

「先輩、ＡＩとか調べているんですか？」

小麦色の素肌が健康的な吹石さんが、とびきり明るい笑顔を見せた。白い歯が輝いている。いつも元気いっぱいだな。

「ＡＩだったら、私の研究室の専攻分野ですよ」

「え、そうなの？」

「でも、今の教授は学術的に研究するタイプで、なにかビジネスのことをお伺いするなら前の先生の方がいいかも」

ぼくは、思わず身を乗り出した。

「前の先生って？」

「大学発ベンチャーを究めるって、准教授の時に大学を辞めてＩＴの会社を起業した人。雪森《ゆきもり》さんといって、ときどき大学の研究室にもいらっしゃるからよく知っています」

「え、じゃ、その雪森さんて人、紹介してもらえる？」

吹石さんは、軽く首を傾げた。

「うーん、できますけど、ちょっと難しいかも」

「え、なにかややこしい事情でも？」

「すごく銀行のこと嫌いみたいなんです。私が、この銀行に入るって言ったら、ひどくがっかりしていました」

一難去ってまた一難か。でも、当たって砕けろ、だな。

ぼくが、弾んだ気分で経営企画部に入ろうとすると、廊下で呼び止められた。

「おい、健介」

見ると、同期の原口と白木が壁際に立っている。

「お前、今度企画室に来て、いきなりフィンテックとか始めたんだって？」

「いや、始めたんじゃなくて、どんな案件があるか探しているだけだけど」

原口は苦虫をかみつぶしたような顔をしている。

「今朝の経営会議で朝月っていう女性アドバイザーが一席ぶったっていうじゃないか」

ぼくは、原口の様子がちょっとおかしいので、少し怖くなった。キレかかっている感じだ。

「どうしたの？　確かに演説したけど、それは浅沼会長に促されて…」

「そんなことだろうと思ったよ。大体あの女は大ぼら吹きだよ。最初経営企画部に呼んで話を聞いた時も、わけのわからないことばかり言って、部長以下みんな閉口していた。それが、いつの間にか会長に取り入って、牛耳ったつもりでいる。とんだジジイ殺しだよ」

（うーん、確かに爺様たちの受けはいいかもしれないな。ただ、上条さんの話だと、まったく大嘘つきとも思えないけど）

「だいたい本社を売っぱらって信金と提携するとか言っているんだろ。あり得ないよ」

　今度は白木が口を尖らせた。

　ぼくは黙っていた。

「俺たち、銀行に入ったんだぜ。なんで信金と一緒に仕事しなきゃならないんだよ。それに、本社売ったって大して金にはならないんだろ。都落ちしたら評判はガタ落ちだぜ。そんなことするぐらいなら、さっさと中日本銀行と一緒になればいいんだよ。下手に意地張ると取り返しのつかないことになるぜ」

（確かに、今朝の経営会議の議論は、ある意味常識外れかもしれないな）

「それほどこの銀行の存続にこだわる理由がわからないね。だいたい地銀の統合は金融当局が進めているれっきとした政策なんだぜ。それに肩肘張って逆らって、なんの得があるわけ？」

　ぼくは、どう反論していいか、わからなかった。

「でも、単独で生きていければ、それでもいいじゃないか」

「単独じゃねえよ。本店引っ込めて支店は信金と相乗りだよ」

「でも、銀行の執行部がそう決めたんだから、俺らはそれに従ってやるしかないじゃないか」

白木は、明らかにぼくを見下した態度を見せた。

「だから健介はダメなんだよ。自分の将来のことなんだから、自分で考えて行動しなきゃダメなんだよ。だって、考えてもみろよ。地銀トップの銀行が手を差し伸べてきているんだぜ。そりゃ、この銀行で長年飯を食ってきた年寄りたちは愛着があるからしがみつきたい気持ちを持つのは仕方がない。でも、俺たちは違う。未来があるんだから、次の飛躍を求めて、変化を受け入れなきゃいけないんだよ」

ぼくは、また黙ってしまった。

（確かに、彼らの言うことも一理ある。いや正論かもしれないな。なんのために涙ぐましい努力をして生き残る必要があるのだろうか。むしろ中日本銀行の一翼を担って働けば、違う未来が開けるかもしれない）

「君らの言うことはわかった。一度きちんと考えてみるよ」

ぼくがそう言うと、二人はまだなにか言いたそうだったが、ようやくぼくを解放してくれた。ぼくは、なにが正しいか、よくわからなくなっていた。

その日の夕方、ぼくは青山夏美に電話して、わずかな時間、銀行の裏手にあるコーヒーショップで一緒にお茶を飲んだ。

ぼくは、今朝同期の二人に言われたことを伝えて、率直に悩んでいると話した。

「うーん、私も悩んでいる」

夏美が、自分から悩んでいると打ち明けるのを聞いて、ぼくは少し驚いた。ほんの一瞬悩んでも、たちまち最善の解決策を見つけ出すことができる頭脳の持ち主だと思っていた。

「よくわからないけど、統合するのも単独で生きるのもどちらでもいいのじゃないかしら。以前、勉強会で議論したけれど、統合って手段であって目的ではないんでしょ。結局銀行が地域の人や企業に無くてはならないものと認められて、その結果きちんと利益を上げられれば、それでいいのかな、と思う。もちろん銀行という業態そのものが古いという人もいるけれど、でも金融はやはり必要とされているし、ビジネスモデルをうまく地域や社会のニーズに合わせていければ、なんとか生きていく道はあるんじゃないのかな」

「なるほどな。でも、そう簡単にビジネスモデルの刷新ってできないから、やはり統合ありきになってしまうような気がする」

「でも、統合したからって必ずうまくいくとは限らないでしょ。だから、どちらに進むにしても、乗り越えなきゃいけない壁はあるのよ。そもそもどんな仕事だって、世の中が変わっていけば、仕事の中身もそれに合わせて変えていかないと時代遅れになると思う。今また大きな波が銀行業界に来ていて、たまたま私たち、その渦中にいるのかもね」

（たしかに夏美の言う通りだ。いろんな企業が新しい商品やサービスを開発し、それで新たな市場を開拓して事業を拡げている。銀行も、超低金利とかオーバーバンクとか言っているけど、今まさに新しいことに挑戦するのを求められているのかもしれない。それがなにかはわからないけど、ひとまずＡＩフィンテックっていう素材をもらったから、それでなにができるか考えてみようか）

「夏美、ありがとう。少しわかったような気がする」

ぼくは夏美に頭を深く下げてお礼を言った。こんなに心からお礼を言ったのって、中学の修学旅行のグループ分けの時以来だ。

第七章　ＡＩとフィンテック

1

　ぼくは、まず小早川代理にお願いして、税理士のご主人に出入金の記録や税務上の仕訳についてＡＩが使われているサービスの実態を教えてもらうことにした。

　街の税理士事務所と聞いていたけれど、市内の目抜き通りの白い瀟洒《しょうしゃ》なビルのワンフロアを借りているようだ。観葉植物が点在する中で三十人ぐらいのスタッフがゆったりと仕事をしているオフィスまで小早川さんに案内してもらった。

「じゃ、私はここで」

　小早川さんが、軽く手を振って去っていくと、

「お待たせ」

　と入れ替わりにご主人が現れた。元ラガーマンというだけあって凛々しい顔立ちと

筋肉質の体格が紺のスーツに見事にマッチしている。

ぼくは、この瞬間に早くも気後れしてしまったが、

「ＡＩを使った会計システムを勉強しに来ました」

と告げて、ペンとメモ帳を取り出した。

「会社って文房具を買ったり、ビルの家賃を払ったり、社員の出張旅費を払ったりと、いろんなところでお金を支出するでしょ」

小早川税理士の説明は嚙んで含めるようでとてもわかりやすかった。けれども、ぼくは、確定申告をしたこともなければ、ひと通り企業会計は勉強していても、自分で経理処理をやったことがないので、このシステムは少し荷が重かった。

「うーん、ちょっと難しかったかな。でも、このシステムを重宝がる中小企業の経営者は多くて、今どんどん普及が進んでいる。これがあれば、事務作業の手間を大幅に減らすことができるんだ」

「でも、それって経理とか財務の人の仕事を奪うことになりませんか？」

ぼくが質問すると、小早川税理士は、にこやかな笑みを浮かべた。

「たしかに、そんな疑問をぶつけてくるお客さんもいるね。でも事務員さんも単純な

事務作業から解放されて、もっと創造的な仕事に時間を割いた方がいいんじゃないのかな。AIって機械だから疲れないんだよね。それに、この支出はなに、この支払はこの科目でと最初にデータを入れてあげると、そのあとは、特に指示をしなくても、いろんな領収書を見て、これは販売管理費だ、これは交際費だと、どんどん自分で学習して処理をしていく。もっとも、本質的に新しいことを創造することはできないんだ」

「え、でもAIが小説を書いたり音楽を作曲したりするって話を聞きましたけど」

「それは創造じゃなくて模倣なの。でも、人間も最初は先駆者の模倣から始まるわけだから決して侮れないんだけどね」

ぼくは、AIが広がる大地の端っこにちょっとかじりついた気持ちになって、いろいろと教えてもらった。

「でも、どんなすぐれたシステムでも使い勝手って大切ですよね」

「そうね。ユーザー・エクスペリエンス（UX）というけど、利便性って基本だよね。だから、このシステムもスマホで領収書を撮影するだけで、どんどん仕訳ができるようになってからは飛躍的にユーザーが増えたようだよ」

ぼくは、ちょっと賢くなったような気がした。

「そうだ、ぼくの知り合いで、ＡＩを使った法律のサポートサービスを始めた弁護士がいるから、紹介してあげるよ」

小早川ご夫妻は、どちらも心優しい人たちだった。

その二日後に、小早川税理士のオフィスのちょうど反対側にあるレンガ色のビルに入っている法律事務所を訪ねた。

大島《おおしま》と名乗った若い弁護士がＡＩを使ったリーガルサービスについて紹介してくれた。

「弁護士に依頼される仕事で、一番多いのは契約書類の文言の確認で、これは単純労働なんだけど意外に時間がかかる作業なんだ」

「へえ、そうですか。てっきり離婚とか相続の法律相談が多いのかと思いました」

「それは個人向け。うちは企業向けがメインだからね。そこでＡＩに法律の文言を覚えさせて、ここの表現はあやふやで将来の争点になりそうだとか、この表現だと当方に不利だとか覚えさせると、意外にこれが使えることがわかったんだ」

「え、ＡＩが弁護士さんの代わりを務めるんですか？」

「そう。もちろん定型的な文言だけど、そもそも契約書って定型的なものが多いからね。でもケースによって微妙に書き方を変えるからそこをしっかりチェックしないと思わぬ落とし穴にはまって後で争いになる。そのためのリーガルチェックが重要なんだけど、実はＡＩはかなり対応できて、しかも仕事が早いからお客さんのコストも安い。もちろんＡＩが洗い出した論点の中身や見逃した点がないか、一応弁護士がチェックする体制は取っている」

「でも、それだったら二度手間になりませんか？」

「いや、最初にＡＩが下読みしているから、二度目はすごく楽にチェックできる」

ぼくは、「ふーん」とうなずいた。

（こんな風にＡＩがどんどん普及したら、弁護士は要らなくなってしまって、失業する人も出るんじゃないのかな？　でも、訴訟案件とか、人が対応しなきゃ務まらない仕事は残るだろうから、そちらをメインでやるということかもしれないな）

2

「いろいろ回ってみましたけど、すぐに金融と結びつくようなＡＩを使ったサービスは今のところありませんでした」

ぼくは、企画室に戻って、細川室長と小早川代理に報告した。すると、細川室長は、

「とりあえず、各部店から挙がってきたフィンテック関連のビジネスで将来性がありそうなものを洗い出したから、片っ端から話を聞いて回ってくれ」

そう言って、メモを渡された。

見ると「ビッキープロジェクト案件一覧」として、ロボアドバイザー、クラウドファンディング、ソーシャルレンディング、トランザクションレンディングといった耳慣れない言葉が並んでいた。

「ビッキープロジェクトか。マスコットの猫の手も借りたい、ということかな？」

ぼくは半ばぼやきながら、それぞれの担当部店に連絡して片っ端から訪問の約束を取りつけていった。

最初に訪ねたのは、資産運用を手助けするロボアドバイザーの会社だった。

一目でＩＴ企業のオーナーとわかる、舶来もののＴシャツにラフな黒のジャケットを羽織った若いイケメン男性がさっそうと出てきて、立て板に水のような流暢さでサービスの説明をしてくれた。

「スマホで会員登録をしましてね、特定の銀行口座からいくら入金すると指示します。後は、ハイリスクハイリターンを狙うか元本保証の手堅い投資を目指すかなど投資のパターンを選びます。それで確定ボタンを押すと、資産運用が始まります。一応千円単位からの投資をイメージしていますが、もっと少額から始めることも可能です。投資をやめるときは、停止ボタンを押せば、換金されて元の銀行口座に振り込まれます」

「実際の利用状況はどんな感じですか？」

「若い人がお小遣いを運用する感覚で使っています。一応手数料がかかりますので、冒険型の資産運用が人気です。今の超低金利の定期預金よりは、ずっと高いリターンがゲットできますよ」

「それ、すごいですね。ちなみに、弱点はなにかありますか？」

ぼくが聞くと、男性は首を振った。

「いえ、ありません。完璧です。ＡＩを使ったロボットが一流のプロのアドバイザーの人と同じレベルの助言をします。しかも圧倒的に安い手数料ですよ。流行らないわけがありません」

「でも、投資だから、損をすることもありますよね」

「もちろんです。元本保証なら運用上の損は出ませんが、それでも手数料は差し引かれます。ですから、ある程度のリターンを狙える投資をお勧めしますが、なにを選ぶかは投資する人の自由です」

ぼくは、この仕組みはすごいと思った。まさにAIを活用したフィンテックだ。

「うちの銀行のお客さんの利用状況はどんな感じでしょうか？」

「いいえ、まだおたくの銀行とは、ご相談はしていますが基本契約を結んでおりませんので、利用者はいません」

「え、ではほかの銀行は？」

「中日本銀行さんとは、すでに契約させていただき、先週から共同でキャンペーンを張らせていただいています。利用金額は順調に伸びていますよ。富士山銀行さんとも昨日リリースさせていただきましたが、まもなくサービス開始の方向で準備をしております」

（うわ、出遅れた！）

ぼくは、愕然として椅子から転げ落ちそうになった。

パンフレットをもらって、持ち帰って至急検討すると言って帰ろうとしたとき、男性がこっそりと教えてくれた。

「実はひとつ弱点があります。ＡＩは過去のトレンドしか学習しません。もし、今後、未曽有の大恐慌が到来するとしても、それを予知して投資家にアドバイスすることはできません。でも人間でもそれができる人はごく僅かですけどね」

男性は、笑顔で手を振ってぼくをオフィスから送り出してくれた。

ぼくは、すでに多くの銀行がフィンテックに手を伸ばしていることを改めて思い知った。

「フィンテックって言っても、バズワードかもしれないよ」

銀行に帰って、ロボアドバイザーの話を同期の黒岩大三郎に伝えたら、彼はまじめな顔でそう言った。

「バズワード？」

「流行りの専門用語だけど、実態がないようなものってこと」

「でも、みんな注目しているよ」

ぼくが反論すると、彼は笑って首を振った。

「実態がないっていうのは、社会的影響力がないってことじゃないんだ。もう世の中全体にすごい勢いで行き渡っているので、そのこと自体がつかみきれなくなっているっていう意味だよ。結局IoTとかDXとかいろいろな言葉があるけど、つまり情報技術の普及とその活用ということでしょ。金融関連の新サービスがフィンテックって言われているだけで、不動産テックとかエデュ（教育）テックとかいろいろあるよ。でも、金融って、あらゆる世界をつなげる空気や水のようなものだよね。だから、個々のサービスを追っかけなくても、もっと全体的な広がりに目を向けてもいいのかもしれないよ」

ぼくは、黒岩が言っている意味が全くわからなかった。でも、彼がとても重要なことを言っているのだろうと、なんとなく感じることはできた。

ぼくは、次にトランザクションレンディングを始めようとしている浜名トラック販売を訪ねることにした。この会社は、海の星運輸にトラックを納車したディーラーで、半年ほど前から副業で地元産品のネット販売を始めていた。予想外に売れ行きが好調で、これをトランザクションレンディングでさらに拡大しようとしている。

ぼくは、審査部の白木を連れていこうとしたけれど、「忙しい」と断られて、白木の紹介で同じ審査部の一年後輩の大島君を連れていくことにした。大島君のお兄さんは、ぼくが取材した法律事務所の大島弁護士だった。

「この前、お兄さんにいろいろ教えてもらって、とても勉強になったよ」

爽やかな好青年タイプの大島君に話すと、

「兄は昔から優秀で地元の取引先でも知っている人が多いので、兄の話題を出されるの、実は苦手なんです。でも兄弟仲はいいですよ」

少しはにかむ感じで答えた。

(あ、この人、いい人だな)

ぼくは第一印象で大島君を好きになってしまった。

「でも兄弟の仲がいいってうらやましい。うちなんか、結婚して東京にいる姉貴にいまだにいじめられてばかりだよ」

「星沢先輩って、いじられキャラだって、白木さんが言っていました。…あ、すみません、これ言わない約束でした」

（なんだ白木のやつ、後輩につまらないこと言いつけて）

ぼくは、少しむっとして浜名トラック販売の玄関に入っていった。

「トランザクションレンディングといっても、まだ検討中の段階でして」

事務服姿の若いお姉さんが出てきて「ネット販売課長　宇佐美《うさみ》りさ」という名刺を出して詳しく解説してくれた。ソバカスとえくぼが目立つチャーミングな女性だ。若い人のアイデアがどんどん取り入れられて実現される会社のようだ。

ぼくは、インタビューの声に力を込めた。

「つまり、ネット販売ではホームページで商品を紹介して売るだけでしたが、これからは商品を出しているメーカーや生産業者の方の事業そのものを積極的に支援して御社のサイトを活用してもらう形に改めようとしているんですね」

「そうです。もとはといえば物流を増やしてトラックの売り上げを伸ばすために始めた副業なんです。それでトラックを納入したお得意先が扱う浜名湖の鰻や天竜のお茶や浜松の餃子をホームページで紹介して売っていました。それが口コミで売り上げが伸びていって、それだったら取引のない業者の皆さんにもうちのホームページに出店してもらえば、品ぞろえは広がるし、うちも手数料を稼げます。トラックの売り上げの伸びも期待できます」

「なるほどね。それが、どうしてトランザクションレンディングの検討に結び付いたんですか？」

ぼくは、続けて質問した。

「皆さんに相談したところ、例えばどういう商品をどのように宣伝していいかわからない。そもそも、本当にネットで売れて儲かるかわからないのに出店のために初期投資をするのはリスクがある、というんです。でも本当にいい商品、宣伝すれば絶対に売れる商品なのに、もったいなくありません？」

（え、問い詰められても困っちゃうな。でも、この人熱いな）

ぼくが逡巡していると、

「それは、もったいないですね！」

隣で大島君が強い口調で断言した。

「でしょ。だから、うちは、その出店者の商品構成や商売へのこだわりを見て、ホームページを作ってあげたり、ネットで扱いやすい新商品の開発を手伝ってあげることに決めたんです。もし必要なら材料費や商品仕入れのお金も出します」

「え、でもそれって一種の起業支援ですよね。言い換えれば地場産品の製造販売に対する投融資と経営コンサルですよね」

「確かに、ネット出店をきっかけとして、その事業が軌道に乗るまでお手伝いするという、スタートアップ支援みたいなイメージかな。もちろんその時々できちんと審査もしますが」

（これは銀行の仕事にかなり近いな）

ぼくは、直観して、もっと突っ込んで聞くことにした。

「でも、今はたいがいの企業でホームページとか作っていませんか？」

「いいえ、街のつくだ煮屋さんや小さなお菓子屋さんは、家族経営のところがほとんどで、ホームページがないところも多いですよ」

「じゃ、結果的に貸したお金が焦げ付くおそれもあるんじゃないですか？」

販売課長の宇佐美さんは首を振った。

「それがそうでもないんです。大体地元でよく売れている商品はネットでもすぐ評判になります。それに、ネットでのお店の売り上げとか売れ筋の商品も全部わかります。家族経営だから経費も知れていますし」

「これ、良かったら、うちの銀行と組んで一緒にやってみませんか？」

ぼくは思い切って言ってみた。

「え、いいですよ。社長に相談してみますけど、うちの社長、うみはま銀行さんのこと気に入ってますし、それにうち単独の普通のネット販売では、すぐに先行きに限界が見えると思っているみたいですから」

ぼくは、宇佐美りささんがボッティチェリの「春」（プリマヴェーラ）に描かれた花を振り撒いて幸運をもたらす女神（フローラ）のように思えた。

「彼女、えくぼが可愛くて素敵ですね」

ぼくは大島君の話を聞き流しながら、どうしたら一緒に組んでうまく仕事ができるか、そればかりを考えていた。

3

七月の下旬の暑い盛りに、うみはま銀行は経営改革アクションプランとして、まっしろ信用金庫との業務提携と本社移転を発表した。銀行と信用金庫との提携ということで金融業界では少なからず話題にはなったが、地元の経済界にはそれほど大きな反響もなく、株価にもほとんど影響は出なかった。

「不発だったか？」

「いや、下げ止まっただけでも良かったんじゃないですか」

行内でこんな会話がささやかれたけれど、結局思ったほどの反応はなく、九月一日のＴＯＢの期限まであとひと月余りになってしまった。

ぼくは、海の星運輸の資金課長さんに、こっそりと今回の提携話の印象を聞いてみた。

「いや、いいと思うよ。結局、中日本銀行も富士山銀行も広域の地銀だから、行員さんは二、三年おきにコロコロ替わるし、前の担当者が言ったことと後の人の言うことが食い違うことも多い。それに、だんだんメガバンクっぽくなって、提案の内容とかは立派なんだけど、敷居が高くなったような気がする。その点、うみはま銀行は、もとは『浜相』だし、信金と組むのはアリだと思う。ただ、ウチからすると、それでどんなサービスしてくれるのってことになるけどね。前と変わらないんだったら提携する意味もないわけだし」

「確かにその通りですね。本社移転の方はどうですか？」

「本社ったって、本店営業部は駅前に残るわけでしょ。ウチはおたくの本社の方に出向くのは年末年始の挨拶ぐらいで滅多に行かないし、関係ないけどね。浜松城の近くだっていうからそんなに遠くないし、いいんじゃないのかな」

（ひとまず受け入れ可能という印象なのかな。でも、やはりお客さんは厳しいな）

ぼくは、次に打つ手を急いで考えねばと焦りだしていた。

細川室長からは、フィンテックファンドの開設発表は八月一日だと告げられている。とりあえず浜名トラック販売とのトランザクションレンディングに関する提携話は進んでいたが、これだけでは迫力に乏しい。ロボアドバイザーの資産運用も契約することに決めたが、これはほかの銀行の後追いに過ぎない。

そもそも自分のネットやシステムに関する知識の薄さを痛感していた。企画室を見回しても、ヨガ仙人をはじめ、ＤＸを体現するような人物はいなかった。

（やっぱり雪森社長を味方に引き入れないとダメだろうな）

元大学准教授で浜松のＩＴ企業のまとめ役とも言われている雪森社長には、営業部の後輩の吹石さんの紹介で一度挨拶に行ったが、「なにしに来たの、俺銀行のこと大嫌いだけど」という感じで追い返された。ちょうど起業した頃に、銀行の貸し渋りに遭い、運転資金が続かなくて倒産に追い込まれた苦い経験があるらしい。その時に、うみはま銀行にも融資の申し込みをしたが、すげなく断られたとのことだった。

仕方なく、次に細川室長を連れて二人で行ったが、応対は丁寧だったけれど、協力の要請はあっさり謝絶された。

室長は、次なる頼みの綱は小早川代理だと言っているが、小早川さんの聖母マリアのような微笑みでも、あの頑固な雪森社長の気持ちをこちらに向けさせるのは至難の業のように思える。

（さて、どうしたものか？）

ぼくが悩んでいると、ヨガ仙人こと上条副室長がふらりと企画室にやってきて、ぼくの顔を見て話し掛けた。

「何浮かない顔しているの？」

「頑固な銀行嫌いのＩＴ企業の社長のことを考えていたんです」

上条さんは、ぼくの話を一通り聞いて、

「じゃ、次はぼくが一緒に行こうか」

と言った。

（一緒に行ってくれるのはありがたいけど、上条さんじゃ、話がかみ合わないと思うんだけどな）

ぼくが黙っていると、

「有難迷惑だと思っているな。ま、行ってみて損はないと思うよ。ぼくが自分でアポを取るから」

そう言って、すぐその翌日に出かけることになった。

雪森社長のオフィスは、昔武田信玄《しんげん》と徳川家康が合戦をした三方原《みかたがはら》の台地の上にある。

「何でしょうか？　緊急にお話したいことがあるとおっしゃっていましたが」

いきなり言われて、ぼくは慌てた。ヨガ仙人はどんなアポの取り方をしたのだろうか。上条さんは、コンサルタントの名刺を出して、ゆったりと構えている。

「いえ、私の知り合いに、アストロシステムズの関根《せきね》会長がいらっしゃいましてね」

「ああ、関根さん。大学の先輩で大変お世話になっております」

少し雪森社長の口調が和らいだ。

「その関根さんと一昨日電話で話したら、雪森さんのお名前が出ましてね」

「ほう。そりゃまたなんでしょうか？」

「いえ、私が関根さんと知り合ったのは経営コンサルではなくて、アーユルヴェーダの方でして。以前関根さんは腰痛がひどくて大変悩んでいらっしゃって、それで人を介して私がお会いしたわけです。すると、腰が痛くて夜も眠れない、ソファに座ったら痛くて立ち上がれないと苦しんでいらっしゃいました。整形外科や内科の先生からは特に悪いところはないと言われたそうです。そこで私が見てみると、明らかに身体のバランスが崩れているのがわかりまして、それを少し矯正してあげたら大変喜ばれました。一昨日、その関根さんから電話がありましてね。ちょうど浜松に大学の後輩がいて、やはり腰痛で困っているから、一度訪ねて診てやってくれないかと。そんな次第で、今日参上したわけです」

　雪森社長の表情が自然と解きほぐされていくのが見て取れた。

「や、そうですか。それは大変ありがとうございます。いや、おっしゃる通り、ここのところ腰痛がひどくて、数日前にたまたま関根会長と話す機会があり、彼も腰痛持ちだと知っていましたから、同病相憐れむという気持ちで病状を打ち明けたわけです」

上条さんは、それを聞いてうなずくとゆっくりと立ち上がった。

「それでは、早速施術しましょうか。そのまま、長椅子に横になっていただけますか?」

上条さんは、横になった雪森社長の首筋や肩に手を添えてぐっと一、二度押したように見えたが、それはほんの一瞬のできごとだった。

「終わりました。そのまましばらく寝ていらっしゃって結構です。ひとまず体幹のバランスを整えさせていただきました。完全に治すには体幹を鍛えた上で、生活のリズムを整えて疲労を回復し、ストレスを無くすことが重要です。でも、この施術を定期的に行うだけでだいぶ楽になりますよ。では、私はこれで失礼します」

上条さんは、ぼくを促すと、引き留める雪森社長を押しとどめて、さっさと帰ってしまった。

ぼくは、呆気にとられていた。

「大丈夫、向こうから連絡があるから。これでうちの銀行のフィンテックの指南役は雪森社長に決まりだな」

その翌日、その言葉通り、雪森社長から電話があった。驚いたことに、あれほど辛かった腰痛がぴたりと消えたという。改めてお礼を言いたいので、近日中にうみはま銀行に参上したいとのことだ。

上条さんは、笑って言った。

「まずは、一歩前進だな」

ぼくは、心の中で叫んだ。

（ヨガ仙人、恐るべし！）

4

七月最終週の暑い日の午後、緊急の経営会議が開かれた。今度も開会時刻になると浅沼会長と朝月アドバイザーがそろって現れたが、もう一人、休んでいた花村頭取も一緒に会議室に入ってきた。

「皆さんには大変ご迷惑をお掛けしています。病気の方は一進一退の状況ですが、医師の許可が出ましたので、今日は久しぶりに銀行に来させていただきました。先ほど会長と朝月さんと当行の経営方針についてじっくりとお話しさせていただきましたが、私もお二人と全く同じ考えです。ですが、残念ながらあまり時間がありません。皆さんの一層の奮起と努力を期待いたします」

半年ぶりに見る花村頭取は、見る影もなくやせ細っていた。ただし、顔色はそこまで悪いようには見えなかった。少しは、回復に向かっているのだろうか。

一色常務の司会で、次に浅沼会長の短い訓示があり、それから朝月アドバイザーが立ち上がって大きな手ぶりで表情豊かに話し始めた。

「先日私がお話しした施策は、すでに実行に移されました。ですが、それはあくまで、緊急の手立ての一つに過ぎません。この銀行の覚悟のほどを外にお示ししたわけですが、次は抜本的な営業スタイルの革新をする必要があります。それは、徹底的なデジタル化と地域密着です。デジタル化の流れを完璧にとらえた上で、地域のニーズに十分に応えられる金融機関にならなければ生き残れません。そのためには、域内の顧客企業との単なる預金や融資の関係を超えた、完全なコラボレーションが必要となります。DXを通した一体化です。皆さんには、この観点から一層の努力を傾注していただきたくお願いいたします」

ぼくは、朝月クイーンがなにを言っているのか、抽象的過ぎて正直よくわからなかった。でも、隣で上条仙人は大きくうなずいていた。

朝月アドバイザーの発言の後、役員席で一人が手を挙げた。システム担当の名取常務だった。

「朝月さんのおっしゃることはよくわかります。ただ、懸念されるのは、当行の取引先には家内工業的な中小零細企業も多く、また預金者もデジタル世代だけではなく、スマホの扱いに不慣れな高齢者も数多くいます。このような顧客を切り捨ててデジタル化にまい進するのは危険ではないでしょうか？」

朝月アドバイザーは、この発言を聞いて、ゆっくりと噛んで含めるように答えた。

「名取常務のご発言はもっともです。ですから、デジタル化に先んじて、まつしろ信用金庫との業務提携を進めました。提携先の顧客に寄り添う営業スタイルを参考にしつつ、一方で当行独自の新しい事業モデルを確立する。この両方が大切かと思います」

（ますます禅問答のようだな）

ぼくは、そう思ったが、役員席の人たちは一様に深く考えを巡らせているような様子だった。

頭取の容態の悪化を避ける配慮もあり、会議は短時間で終わった。

役員会議室から席に戻ると、同期の原口からメールが入っていた。

財界セントラルの記事だった。

『漂流するうみはま銀行。外資ファンドに頼るのはあまりにも無策で無謀』

「うみはま銀行は、中日本銀行のTOBに対抗するため、ファンドマネジャーの朝月マリ氏をアドバイザーに起用。外資の助けを借りて、TOBを切り抜けようとしているが、切羽詰まった経営陣が善人面した乗っ取りファンドを家の中に引き入れたも同然である。仮に中日本銀行による吸収合併を回避できたとしても、外資の支配下では、うみはま銀行の先行きが危ぶまれる」

（相変わらずの酷評だな）

ぼくが憮然としていると、上条仙人と目が合った。

おもむろに立ち上がって、近づいてきて言った。

「例のゴシップ記事見ているの。朝月さんは、この銀行を乗っ取ろうなんて全く思っていないね。むしろエンジェルとして助けてやろうと思っている。ただし、ボランティアじゃないから、みすみす損するのは絶対に避けるだろうね。つまり、この銀行の経営状態を良くするために、本気で全力を傾ける。おそらくほかのファンドも注目している。この圧力にこの銀行の経営陣やわれわれ職員がきちんと耐えて着実に応えていけば、この銀行は独力で生きていけると思うけどね」

ぼくは、黙ってうなずいた。

そして、自分がその重圧に耐えていけるだろうか、と考えてあわてて首を振った。

正直に言って自信はなかった。

第八章　うみはまエコシステム

1

雪森社長が、うみはま銀行のビッキープロジェクトチームに加わった。よちよち歩きの子供が新幹線に飛び乗ったようにすべてのデジタル化の取り組みが加速され始めた。

「個々のサービスを点で追うのではなく、面で展開する。デジタルの網をかけて顧客群とのコラボレーションによるクラスターを創る」

雪森社長が社内の会議で力説している。しかし、ぼくはだんだん疲れてきていた。

（相変わらず抽象的な言葉が並んでいる）

ぼくは、画面に映し出されたパワーポイントの標語を眠い目をこすりながら見ていた。

「うみはま銀行を中核とする『エコシステム（生態系）』の形成」

（なんか、うんざりだな）

最近、夜になっても、よく眠れなくなってきている。食欲もない。まもなく、八月一日が来る。フィンテックファンドの設立を発表する日だ。朝月クイーンからは、

「単にファンドを立ち上げたことを公表するだけでは意味がない。そのタイミングでうみはま銀行ならではの象徴的な投資案件を打ち出しなさい」

と厳命されている。

ぼくは、営業部や支店から紹介された、さまざまなフィンテックビジネスを毎日訪ねて歩き、それをなんとか銀行の仕事とつなぎ合わせようとした。しかし、うまくつながらない。それぞれが既存のうみはま銀行の業務とかけ離れ過ぎていたり、あるいは重複して競合していたりして、うまく相乗効果が得られるものはごく僅かだった。

「こういうのを、帯に短し、たすきに長し、というのかね」

ぼやきに行った営業部で、逆にぼやかれた。六月異動で昇格した本間課長代理は、チェック柄の入ったワイシャツの胸元を広げてバタバタとうちわであおいでいる。相変わらずのやさぐれモードだ。

「だいたいフィンテックって、アメリカのミレニアム世代がリーマンショックでまともに金融サービスを受けられなくて、それでシリコンバレーであぶれた連中をおだてて受け皿にして始めたビジネスだろ。日本にそのまま輸入しようっていうのが間違いなんじゃないの。それに、なんたって日本はいまだに現金主義でしょ。今でも田舎のソバ屋に行ったら、現金でお願いしますって言われるじゃない」

（うーん、田舎のソバ屋を引き合いに出されると困っちゃうんだよな）

ぼくは、そう思いながら、本間課長代理の肩越しに、資料を見ながら熱心にパソコンを打っている青山夏美の整った横顔に見入っていた。

（ひたむきに仕事している夏美ってやっぱり魅力的だな）

「星沢先輩、お疲れ様です」

そこに、吹石さんがやってきた。相変わらず元気度全開だ。

「先輩、ちょっとお疲れ気味じゃありません？」

「そう、いい投資案件が見つからなくて疲れている」

「そういえば、この前、西遠交通に行ったら、ＭａａＳ（マース）について教えてもらいました」

「ああ、スマホのアプリで行きたいところを入れたら、所要時間や費用が出て、最適ルートを示して、それで予約や決済もできるってやつだろ」

「さすが。それですけど、本州ガスや松浜デパートなども同じようなこと考えているんですよね」

「そりゃ、デジタル化はどの業界でも一丁目一番地だからね」

「でも、お金の決済だったら、うちの銀行も関係するでしょ。なんとか、一緒にできないものでしょうか」

するとそれまで電話をしていたダンディ芝崎係長が話に加わってきた。この人も六月異動で主任から昇進している。昇進したせいか腕時計が国産からロレックスに変わっていた。

「でも、交通とガスと百貨店じゃあ、業態が違うから、いきなり一緒にデジタル化、といっても無理なんじゃないの」

「それはそうですけど」

（おっと、不満顔の吹石さんも、なかなかチャーミングだな）

ぼくは、相変わらずぼうっとしている。

その時、白い顔がのぞき込んだ。

青山夏美だ。いつの間に来たんだ。

「今の吹石さんの考え、すごくいいと思う。私の取引先の浜松みなみ病院の院長先生も同じようなこと言っていた」

（ああ、あそこの院長先生は、去年突然世代交代して、新しい院長はすごく積極的に病院の改革を進めていると評判だ）

ぼくは、夏美が参戦してきたので急に目が覚めた。

「それってどういうこと？」

「電子カルテってあるでしょ。それと病院の予約システムとMaaSと決済を連動させるっていうアイデアなんだけど」

「そんなことできるのかな」

「もちろんシステムが全部ばらばらだから簡単ではないと思うけど、互換性のあるシステムをうちが音頭を取って組み込めば、もしかしたらできるかもしれない」

「ふーん」

ぼくは、そう言ったきり、黙ってしまった。これ以上は、ぼくの頭脳のレベルを超えている。

2

七月最後の土曜日の朝、ぼくはベッドから引きずり落とされそうになった。

「ちょっと健介、いい若いもんが、いつまで寝ているの」

厳しい姉貴が、昨日子連れで帰ってきた。義兄はまた海外へ長期出張らしい。朝からいきなり粗大ごみ扱いである。

「わかったよ。起きるよ」

しぶしぶ起きて朝ご飯を食べ終わると、子供の遊び相手を言いつけられた。

「わたし、お母さんと買い物に行ってくるから、よろしくね」

言い残して、母と姉は出かけてしまった。父は、小さい方の子供をあやしながら、プロ野球の中継を見ている。

ぼくは、少しずつ腹が立ってきた。

（いつまで経っても、この上下関係は変わらないや。不合理じゃないか）

いわゆる負け犬の遠吠えである。

その日の夕方、ぼくは宣言した。

「明日の日曜日は、ぼくが出かけます」

「あ、じゃあ、午前中に帰ってきてね。午後は予定があるの」

姉貴に軽くいなされて、ぼくは早めにふて寝した。

（そうだ、佐々木涼太にもらったチケットがまだ残っていた。明日の朝は、本州ガスのフィットネスクラブに行こう）

翌朝、ぼくは自転車に乗って駅の南側にある本ガススポーツに向かった。このところ真夏日が続いているが、朝はやはり清々しくて気持ちがいい。

さすがに早朝のフィットネスクラブは空いていた。

ぼくは、フロアで入念にストレッチをすると、マシーンで軽く汗をかいてから、プールに入った。

（うまい具合に誰も泳いでいないや）

プールの壁を蹴って、ゆったりと水の中で全身を伸ばす。伸ばした身体が流木のようにすうっと水中を進む。軽くキックを入れて、おもむろに腕を上げて水をゆっくりと掻く。

（ああ、フィンテックでいっぱいだった頭の中が静かにほぐれていく）

ぼくは、ゆっくりと加速していった。

その時、音もなく後方から近付いてきた白いシルエットがぼくを軽く追い抜いていった。隣のレーンだ。

（抜かれた！）

見ると鮮やかなトロピカルの花が水の中に咲いている。以前見た水着の柄とは違うが、似たようなデザインだ。すっと伸びた美脚が小気味よく水を打っていく。

その後、折り返すたびに何度か抜かれて、ぼくは三百メートルほど泳いで、疲れて壁際に立った。

少し遅れて、花柄の水着の持ち主もプールの端に立った。

朝月クイーンだった。

「おはようございます」

ぼくが、声を掛けるとクイーンも「こんにちは」と挨拶を返してくれた。色白で整ったきれいな顔立ちだが、年齢不詳である。相当お金がかかっているに違いない。

「お疲れ様です。銀行の会議でお見掛けしています」

クイーンは、ゴーグルをとると、怪訝そうな顔を向けた。

「うみはま銀行の方？」

「ええ、そうです。企画室の星沢といいます。細川室長のところです」

クイーンは、「ああ」とうなずいた。広いプールで泳いでいるのは二人だけだった。

かなり離れたところに監視員が座ってこちらを見ている。

「フィンテックの宿題をいただいていますが、なかなか進まず苦労しています」

クイーンは、目をそらして前を向くと一瞬考える素振りを見せた。

「いいものが見つかりそう？」

ぼくは、口ごもった。

「はあ、いいえ、それが…」

「チームワークはできている？」

クイーンの重ねての問いにぼくは即答した。

「もちろん、部内ばかりでなく営業部ともしっかりと」

クイーンは、軽く首を横に振った。

「社内の連携は当たり前。そうじゃなくって、この地域全体のこと。地元の企業をはじめ、自治体とか、コミュニティとか、まち全体のデジタル化を進めるためのチームワーク。言い換えれば、DXを通じた銀行と地域の絆」

ぼくは、よくわからないまま、

「はい、それができるように頑張ります」

と答えた。

クイーンは、「じゃ、また」と言って、再びプールの壁を蹴って泳ぎだした。水しぶきが上がる。華麗で豪快なフォームのバタフライだ。

ぼくは、プールサイドの時計を見て、あわてて水から上がった。そろそろ家に帰る時間だった。

3

「朝月さんは、『チームワーク』って言ったんです」

月曜日の朝、朝月アドバイザーと週末にプールで交わした会話の内容を細川室長や小早川代理に報告した。そこに、上条仙人も加わった。

「地域全体のデジタル化のチームワークって言ったのか。なるほどね」

上条仙人は、一人で納得していた。

その後で、先週、営業部でかわされたＭａａＳや電子カルテの話を紹介した。

「それだよ」

上条仙人は、急に声のトーンを上げた。

「そこにヒントがあると思う」

ぼくは、よくわからないまま、上条仙人に誘われて急いで再び営業部へ行った。

そこで、久しぶりに会った桑田次長に許可をもらって、本間代理と芝崎係長と吹石さんとミーティングを開いた。途中から、青山夏美も加わった。

「世間で言われているフィンテックのビジネスモデルにこだわる必要はないんだ。むしろ発想を変えて、地銀として地域のデジタル化を全面的に支援する枠組みを創って、そのプラットフォームに自治体や取引先の企業が乗ってくる形を創り上げたい」

「うみはま銀行版の新しいエコシステムですね。コングロマリットなＤＸコミュニティとか言うのかしら」

吹石さんが顔を紅潮させた。

上条仙人は、これまで取引先から出たデジタル化の話題を整理し始めた。

「本州ガスは、スマートシティの事業化に取り組んでいる。ＡＩを使って、需要家のエネルギー消費を最適化する。例えば、太陽光発電で得た電気をあるコミュニティ内のそれぞれの住宅のニーズに合わせて最適に融通し合う仕組みを導入する。うみはま銀行は、このエネルギー代金の決済口座を提供することでこの事業を後押しする」

みんながうなずいた。

「バス会社の西遠交通は、ＭａａＳの導入に踏み切ろうとしている。定額料金で、市内バス、電車、回数制限はあるものの市内利用のタクシーを乗り放題にする。目的地と出発・到着の時刻を入力すれば、ＡＩがそこまでの最適な交通手段を提案して、利用者が認証すれば、自動的に交通手段の選択や配車がされる。この料金の決済も、うちの銀行の口座で行われる」

夏美が手を挙げて、口を挟んだ。

「すみません。私の取引先の浜松みなみ病院は、このスマートシティとＭａａＳの両方に関心があります。病院は冷暖房や給湯で大量の電気とガスを使っています。できれば再生可能エネルギーを活用したいと思っています。それに、来院する患者さんに最適な交通手段を提供しようと西遠交通のMaaSを利用しようと考えています。来院するタクシー代はもちろん、診察費や薬代も決済はうちの口座でできます」

「公共法人部に聞いたら、自治体も商店街と組んで地域通貨と呼ばれる電子マネーの導入に積極的だそうだ」

芝崎係長が首元のグッチのネクタイを緩めながら言った。

「地域通貨って?」

ぼくが怪訝な顔をすると、夏美が簡潔に答えてくれた。

「地域内のポイントサービス付きキャッシュレス決済よ。溜まったポイントは、地域の商店街で利用できる」

「でも、これみんな別々の実施主体のシステムでしょ。うちの銀行が間に入ったとして、そんなに簡単に共通化ってできるものかな?」

吹石さんが首をひねっている。

(おっと、そりゃそうだ!)

ぼくは、慌ててメンバーの顔を見回した。吹石さん以外はみんなシステムには素人で、この問題の深さを認識していなかった。

その翌日、上条仙人と一緒に、三方原台地の雪森社長のオフィスを訪ねた。

「そりゃ、簡単じゃありませんよ」

雪森社長は、腰痛を直してくれた上条仙人にお礼を言いながら、さすがにこの論点には専門家らしい厳しめのコメントを放った。

「ＡＰＩというソフトウェア間の橋渡しをする接続方式がありましてね。これがバラバラだとサービスの共通化ができないから、まず銀行はＡＰＩを外部に公開するように求められています。それをもとに、銀行と組んで金融サービスを展開する会社はシステムを構築するわけですが、本州ガスや西遠交通などはすでに異なるＡＰＩを前提に、独自のシステムをつくり上げているわけです。これを後から共通のものにするのは容易ではありません」

この瞬間、ビッキープロジェクトの目論見はもろくも崩れさったかに見えた。幸運をもたらす白い猫はぴょーんと飛び跳ねるように遠ざかっていった。

「現実は厳しいな」

上条仙人がポツンと言った。
「なにか方策がないか考えてみますよ」
雪森社長は、そう言って慰めてくれたが、到底九月一日のTOBに間に合いそうな雰囲気ではなかった。

ひとまず技術的な問題はさておいて、デジタル化を一緒に組んで進めることについて、営業部や公共法人部からそれぞれの取引先や関係する自治体に対して、一斉に打診が行われた。

その効果が見えないとして難色を示す自治体の担当者もいたが、取引先の企業はおおむね好意的に理解してくれた。ただし、互いに顧客のデータを開示することについて守秘義務契約を結ぶほか、利用に厳しい制限をつけたいという企業も現れた。さらに浜松みなみ病院の患者リストについては、患者名を暗号化するような工夫を施すことを検討することになった。

うみはま銀行は、フィンテックファンドの発表を半月遅らせることにした。新たに八月十五日が解禁日となった。

ぼくは、またプレッシャーから不眠症と食欲不振に悩まされることになった。

4

夏風邪を引いたのか、体調がすぐれないまま、本店ビルの隣の診療所に行った。

「どうしました？」

久しぶりに会った若い女性医師は、相変わらずアンニュイな雰囲気を醸し出しながらハスキーボイスで容態を聞いてきた。

「このところ風邪気味でして」

「じゃ、口開けて」

例によって一瞬で診察を終えたので、

「実は、胃の調子も悪くて」

と、ぼくが言うと、

「ふうん、どんな風に？」

と聞き返された。

「いえ、実は理由があるんです。仕事上のストレスで」

「どんなストレス？」

（お、今日はちゃんと話を聞いてくれそうだ）

「ＡＩとか使ったビジネスを集めて、それに投資するファンドをつくろうとしているんですけど、投資先がうまく見つからなくて」

気のせいか女性医師の目がキラリと光った。

「ＡＩを使ったビジネスに投資してくれるの？」

「え、あ、はい」

「うちの主人がね、放射線科の医師なんだけど、今ＡＩを使った新しいビジネスを立ち上げようとしているの」

ぼくは、驚いた。

「どんなビジネスですか？」

「癌の画像診断システム」

「は？　がん？　がぞう？」

ぼくの間の抜けた顔を見て、氷室麻衣子先生は、一気に失望感を細面の顔に浮かべた。

「放射線科の医師って、毎日何千枚ってＣＴとかＭＲＩの画像写真を見て肺がんとか乳がんとかの診断をしているの。それを、ＡＩを使ってもっと早く正確に診断ができるようにするのよ」

「ＡＩって、そんなこともできるんですか？」

「できそうなんだけど、あともうひと頑張りが要るの」

ぼくは、俄然興味が湧いてきた。

（今度つくるファンドの目的は、フィンテックとか金融サービスに限る必要はないんじゃないかな。とにかく浜松発で、世のため人のためになって、世間から注目を浴びて、もうかるものならなんでもいいとしよう）

ぼくは、勝手にファンドの投資要件を下げた。そうしたら、急に胃の痛みも治まってきた。

「いいでしょう。で、いくらいるんですか？」

胃の調子がよくなると気持ちが大きくなってくる。

「ちょっと、待って。今、主人に電話するから」

麻衣子先生は、すぐにスマホでご主人に電話すると、そのスマホをぼくに渡した。

「あ、すみません。できれば十億円ほどお願いします」

ぼくは、かつて銀行が危険物取扱業と悟った苦い経験を急に思い出した。

「なにに使います？」

「データがいるんです。もうＡＩを使ったシステムは完成しています。ただし、診断の精度を上げるために、より多くの画像のデータが要るんです。最初これを提携病院に頼んで集めようとしましたが、それでは全く数が足りません。医療機器メーカーにスポンサーのお願いもしましたが断られました」

「でも、医大病院のお医者さんのネットワークがあれば、それなりの協力は得られそうな気がしますが」

先方の男性の声はここぞとばかり大きくなった。

「明らかに正常であったり、明らかに癌化して病変した画像写真では意味がないんです。そのあたりのＡＩの学習はもう終わっています。むしろ、ほぼ正常に見えるけれども、実は見逃してはならない病変があったり、逆に癌が潜んでいそうだけど実は正常な画像というのが必要なんです。この診断は、九十九パーセントではダメなんですよ。限りなく百パーセントに近くないと。少なくとも人間のレベルを超えないと意味がないんです」

ぼくは、なんとなく言っている意味がわかった。

「でも、全部ＡＩに任せるのは危険なんじゃないでしょうか？」

「その通りです。ですから、ＡＩが全体の中から半分だけ、百パーセント間違いなく正常な画像を取り除いてくれればいいんです。そうすれば、私たちの仕事は残りの半分に減り、より怪しくて判断が難しい画像を集中して見ることができます」

（なるほど、そういうことなのか！）

「でも、明らかに正常とＡＩが判断した画像の中に、仮に一枚でも癌が潜んでいる画像を見逃してその混入を許してしまえば、このプロジェクトは失敗です。これを防ぐには、判断に迷うぎりぎりの画像、言い換えれば質のいい画像をＡＩにたくさん学習させることが重要で、この画像を大量に集めるのにはお金がかかります」

ぼくは、納得した。

「わかりました。持ち帰って、急いで検討します」

ぼくは、走るようにして企画室に帰り、細川室長と小早川代理にこのＡＩ画像診断の話をした。

「それ、いいんじゃない。浜松は光やセンサー技術の先進地域だし医療への応用も進んでいるみたいだから、ＡＩ画像診断は投資一号案件としてぴったりかもね」

細川室長が太鼓判を押し、小早川さんも喜んでＧＯサインを出してくれた。

そこで、すぐに細川室長が朝月アドバイザーに電話でこの件を伝えて感触を聞いた。

「朝月さんも、この案件は投資対象としてとても有望だと考えている。それで、このシステムを開発している画像診断医に早速会ってみたいとのことだ。星沢、セットしてみてくれないか」

ぼくは、すぐに診療所の麻衣子先生に電話して、ご主人の氷室医師のアポを取った。

翌日の朝八時、医大の付属病院の診察が始まる前に、朝月クイーンとぼくと、なぜか上条仙人も一緒に、氷室医師に会いに行った。氷室医師は、放射線科の診察室にぼくたちを招き入れて、実際に画像を使って説明してくれた。

「こちらの左側の写真が典型的な肺がんの病変画像、右が正常な肺の画像です。肺がんを診断するＣＴは一人の患者に対して百枚ほど写真を撮りますので、気を張って一枚一枚見ていくことが大切で、集中力と根気が必要な作業です」

氷室医師は、端整な顔立ちの男性で、優しい語り口で専門用語をわかりやすく説明してくれた。あの投げやりでアナーキーな麻衣子先生とは、どう考えても不釣り合いな取り合わせのカップルのように思えた。

「この左右の違いは、ＡＩでも簡単に見分けがつきます。ところが、この二つの画像を見て下さい」

氷室医師が、パソコンのキーボードをたたいて、違う画像を二枚スクリーンに出した。どちらもほとんど同じに見える。

「ここに見える小さな筋や白い破片のような点が、実は決め手です。こちらが正常、こちらが病変画像です」

氷室医師が、ペンの先で右側の画像の中央に二つある黒い空洞の中に点在する小さな白い模様を指し示した。

「個体差があるので、同じ画像は一つとしてありません。そのような千差万別の画像の中にある、このようなわずかな病変の兆候をＡＩに認識させるのが大変なのです。深層学習といってＡＩはその違いをどこで見分けるかというルールを自ら学んでいきますが、それには正常と病変の境界線を示す膨大な数のデータが必要です。境界線近くの画像がとても重要で、明らかにどちらかに区分けできるものは、もはや必要ありません」

（なるほど、そうなのか）

ぼくが勝手にうなずいていると、朝月クイーンが質問した。

「ＡＩを使って、乳腺のがんや内視鏡を使った大腸がんの画像診断もできると聞いたのですけれど」

氷室医師は大きくうなずいた。

「そうです。今ではさまざまな画像診断の領域、例えば癌に限らず動脈瘤やインフルエンザなどもＡＩを使った診断システムが開発されつつあります。ただ、肺がんは自覚症状がなく、早期発見が極めて難しい癌で、もしこの診断技術が確立できれば、多くの患者さんの命を救うことができます」

「ＡＩと人間との共同作業になるのですね」

朝月クイーンの言葉に、氷室医師が再び大きくうなずいた。

「そうです。人間もＡＩもどちらも完全ではありません。しかし、ＡＩは疲れないので、人間をはるかに上回るスピードで一日二十四時間、一年三百六十五日働くことができます。まずＡＩが、誰が見ても明らかに正常な画像を判別して取り除きます。その後で、ＡＩには診断の難しい残りの画像について、経験豊かな人間の目で総合的かつ慎重にチェックすればいい。そうすることで、誤診の確率を限りなくゼロに近づけることができます」

そのとき、急に上条仙人が質問した。

「その画像は、日本人でなければだめなんですか？」

氷室医師は首を横に振った。

「いえ、人間であれば身体の構造は同じですから構いません。もちろん人種による個体差の広がりはありますが」

「なるほどね。それだったら、大量に良い画像写真を提供してくれるところがあるよ」

ぼくは、「それ、どこですか？」と尋ねた。

「実は、私のアーユルヴェーダの師匠は、インドでは高名な呼吸器の専門医で国内外にたくさんの弟子の医師たちがいる。彼に頼めば、あっという間に何万枚ってご希望の画像写真を送ってくれるよ。そもそもインドの人口って日本の十倍だから、症例数も圧倒的に多い。希望する画像の量はすぐに集まると思うよ」

氷室医師は丁寧に頭を下げた。

「ありがとうございます。ＡＩ診断は、いろいろな国が個別に開発を進めていて、国際間の協力が必ずしもうまくできていないのが実情です。もし、先生のお力添えでこの分野で日本とインドの協力関係ができれば、大変喜ばしいことです」

ぼくは、この投資案件にぜひ賭けてみたいと心に決めた。

その翌日、朝月アドバイザーから、この案件を「うみはまＡＩファンド」の投資第一号にぜひとも採択しましょう、との連絡があった。こうして、ようやくビッキープロジェクトは具体的に動き出すことになった。

第九章　コネクテッド・シティ

1

八月のお盆の時期を迎えた。

雪森社長の頑張りで、本州ガスのスマートシティ事業とうみはま銀行のキャッシュレス決済の間でのＡＰＩの共通化の目途がなんとか立った。これに次いで西遠交通のＭａａＳ事業も協働して実用化を進めることになり、うみはま銀行はそれぞれの会社と業務協力協定の調印を行った。

八月十五日。世の中では夏休みの真っ最中だが、うみはま銀行はＡＩフィンテックファンドの立ち上げを発表した。その投資対象として、氷室医師の肺がん画像診断システムと浜名トラック販売の電子商店とトランザクションレンディング、そして本州ガスのスマートシティ事業を発表した。

同時に、うみはま銀行は、まつしろ信用金庫との提携をもとに支店網を再編し、ATMなどの共通化を進め、金融サービスのデジタル化を加速することを発表した。その一方で、まつしろ信用金庫の支店の隣にうみはま銀行の有人カウンターを構え、特にスマホの扱いに慣れない高齢者などを対象とする丁寧な接客サービスを展開した。経済関連の記事が枯れるお盆の時期に発表したこともあり、マスコミの反応もよく、また海外の投資家からも注目が集まった。

「ほんのわずかだが、株価が上がりだした」

細川室長は、うれしいというよりも少しほっとした声を出した。

「まだ、始まったばかりですよ」

上条仙人は、そう言って気を引き締めた。

ぼくは、夏風邪をこじらせたらしく、また診療所に行った。

「優しそうなご主人ですね」

カルテを打ち込んでいる麻衣子先生に言うと、

「そうかしら。家ではいつも無口で盆栽ばかりいじっているけど」

振り向きもせずに乾いたハスキーボイスで言葉だけが返ってきた。

「盆栽ですか？」

「そう。ああいう年寄りが好みそうな、地道な作業が好きなのよ」

「でも、毎日たくさんの画像を見て診断しているんでしょ」

麻衣子先生は、振り向いて笑顔を見せた。

「そういうところが偉いのよね。私だったら三日とやってられないけどね。まあ、盆栽いじりながら、私の愚痴もいっぱい聞いてくれるし、私にとって精神安定剤みたいなものよね。ちょっと相槌打ってもらえるだけで、ご飯も美味しいし、よく眠れるから」

（なるほどな。周りにはわかりづらいけど、このカップルはこれで意外とお似合いなのかもしれないな）

よく見ると、今日の麻衣子先生は、整った顔が一段と華やいで白衣がパリコレのモデルが着る衣装のようにスリムな身体にフィットしている。ドキドキするほど眩しく感じられた。

2

小早川さんに呼ばれて、営業部の会議室に行くと、本間課長代理と芝崎係長に吹石さん、それに青山夏美と、もう一人見たことのない女性がいた。

「彼女、私の同期で、本店の公共法人部の部長代理をしている秋葉《あきば》さん。今日は、浜松市の市民生活部から新しい提案があったから、その話をみんなに聞いていただこうと思って集まってもらったの」

小早川さんの挨拶に続いて、秋葉さんがパワーポイントを使いながらてきぱきと説明を始めた。

「西遠交通のMaaS事業と、カワイ自動車の自動運転技術を組み合わせて、浜松みなみ病院の来院患者さん向けに、浜松市が実証実験を始めようと思っているの」

みんなきょとんとして聞いている。

「つまり市内のどこからでも、浜松みなみ病院に診察の予約をした六十五歳以上の市民は、スマホを使って登録すれば、指定した時間に自動運転の車が家の近くまで迎えに来てくれて、帰りも送り届けてくれる。利用料金は市が一定額を補助して、残りは『やらまい貨』という地域通貨で払う。うみはま銀行がこの決済システムを担うことになる。

最初は病院と最寄りのバス停の間で運行するけれど、次第に市役所とか市の施設との往来にも使えるようにする。早ければ来年には、市内の観光情報やイベント案内の検索もできて自由に乗り降りできるようにする。路線も、バス路線以外にも広げる。つまりデジタル化と自動運転で市内に新しい交通網をつくって、次世代のまちづくりを進めるというアイデアなの」

みんな、やっぱりきょとんとしている。

「あの、自動運転というと、ドライバーさんは乗らないのですか？」

皮切りにぼくが質問した。

「いえ、実証実験の時は運行補助者として、西遠交通の人が一台に一人乗ります。ただし、ハンドルやブレーキの操作は緊急の時以外はしません。実証実験が終われば、後は遠隔操作に切り替わります」

「将来は誰でもその交通網を使えて、どこでも乗り降りできるようになるんですか？」

今度は、青山夏美が聞いた。

「いずれそうなると思います。買い物やレストラン情報も検索可能にして、一定のコストを払えば誰でも自由に自動運転の車を乗り降りできるようにするのが目標です。しかもすべて電気自動車にして、本州ガスが進める再生エネルギーの電気ステーションといったスマートシティ構想と連携させます。またＡＩを活用して、人の流れを予知してこの交通システムを効率的に運用します」

「夢のような話ですね。そんなことできるのかなあ。自動運転とか、ＭａａＳとか、個々の技術的な課題はクリアできたとしても、それを一つにまとめて、しかもうちの銀行の決済システムに乗せるなんてことが現実に可能なんですかねえ」

秋葉さんの流れるような答えぶりに、本間代理が疑問を口にした。今日は、頭を掻かずに姿勢よく背筋を伸ばして座っている。

「それに、膨大なコストがかかると思います。採算面は大丈夫ですか？」

今度は、腕のロレックスを振りながら、芝崎係長が不安そうな雰囲気を醸し出した。

「技術的にはおおむねクリアできる目途が立っています。コスト面は、ひとまず官民共同でスタートしますが、デジタル化によるまちづくり、コネクテッド・シティには国の強い助成措置もあり、予算的なバックアップは大丈夫です。もっとも将来は、その大部分を民間事業に譲り渡します」

「すると、うちの銀行の役割は？」

「とりあえず決済システムを用意して実証実験に参加することですが、コネクテッド・シティ構想全体を推進する役割を担います。当行は、金融機関として事業の一翼を担いながら、参画する市や地元企業との調整を図り、この共同プロジェクトの企画立案を進め、事業を実現させます。もちろん必要な資金も融資などをして用立てます。ですから、このプロジェクトの本部をこの銀行に置くことを想定しています」

「え、これって市の事業じゃないんですか？」

「いいえ、市は実証実験の旗振り役を務めますが、最終的な絵姿は地元の企業連合で担ってもらいたいと考えています。市は資金面のみならず人材面でも相当の助成はしますが、当行に事業の中核的な役割を期待しています」

「え、そんなのうちの銀行にできるのかなあ？　そもそも金融機関がまちづくり事業の主体になるっていう話はあまり聞いたことがないし」

本間代理と芝崎係長が顔を見合わせながら互いに質問している。二人とも半信半疑だ。

「浅沼会長も朝月アドバイザーも乗り気です」

「そりゃ、あの人たちはそうかもしれないけど」

「というわけで、この案件についてプロジェクトチームをつくることになったの。ここにいるメンバーに、さらに何人か加わってチームをスタートさせます」

小早川代理がジャンヌダルクのように宣言した。ぼくは、フランス革命を描いたドラクロワの絵に出てくる二丁拳銃の少年のように旗を持つ自由の女神の後についていく姿を頭に浮かべた。こうなったら前へ進むだけだ。

このMaaSとコネクテッド・シティ構想は、八月最終週の金曜日に発表された。うみはま銀行のAIフィンテックファンドから、西遠交通のMaaS事業と浜松みなみ病院のネット遠隔診療を含むデジタルクリニック事業への投資も同時に発表された。これで投資対象案件がひと通り出そろった。

翌週早々に、うみはま銀行は半期決算の発表をして、あわせて通期の利益の見込みを上方修正した。本社移転による売却益に加えて、まつしろ信金との業務提携による支店とATMの再編が功を奏して着実に経費を圧縮できる見込みだ。融資の件数や金額も前期比でプラスに転じている。

3

九月一日を迎えた。

八月中旬以降にうみはま銀行の株価は、経営改革の取り組みや順調な業績回復の兆しを好感して徐々に上がりだし、中日本銀行の提示した二百円を超えた。この結果、中日本銀行のＴＯＢは不成立となった。しかし、同行の経営陣は、さらにＴＯＢの期間を二か月間延長するとともに、金額を一気に二百五十円まで引き上げると通告してきた。最初に二百円を提示した時の株価が百五十円だったから、七割近いプレミアムを乗せたことになる。

「中日本銀行もあきらめませんね」

上条仙人が細川室長に話しかけた。

「まだ、戦いは始まったばかりだからね」

細川室長も冷静に言葉を返した。

ぼくは、黙って二人の会話を聞いていた。七月から続くＴＯＢとの戦いにこのところ少し疲れ気味だった。

その時、かかってきた電話に応対していた小早川代理が珍しく顔を紅潮させて受話器を置いた。

「先月投資した画像診断システムの会社について、アメリカの医療機器メーカーから買収したいとのオファーが朝月アドバイザーのところに入ったそうです。もっとも、朝月アドバイザーは、当分の間は売らないと断ったそうです」

細川室長が少し驚いた口調で聞いた。

「いくらでオファーされたの？」

「二千万ドルと聞きました」

「二十億円か。うまく交渉すれば三十億くらいまでいくかもね。でも朝月さんは売らないな。彼女、きちんとした診断システムを作り上げれば少なくとも百億円の値がつくと思っているに違いないよ」

上条仙人の独り言に、ぼくは驚いて聞き返した。

「え、でも先月十億円で立ち上げたばかりの会社ですよ」

上条仙人は、笑って言った。

「ＣＴやＭＲＩの機器の価格知っている？　ＣＴで一機当たり二億から七億円、ＭＲＩなら五億から十億円するんだよ。もし、あのＡＩ画像診断技術と組み合わせて、瞬時に癌の診断ができるＣＴやＭＲＩが開発されれば、世界のクリニックは注目するだろうね。癌の部位がＡＩによって自動的に示されれば、診断だけでなく手術にも応用が利く。もちろん肺だけじゃなくて、いろんな部位の癌も診断できるように適用範囲を広げることも必要だろうけどね」

（マネーゲームって、こうやるのか。なるほど、朝月さんが十年経たずに百億円貯めたというのもわかる気がする）

ぼくは、なかばあきれながら、ふと青山夏美のことを思い出した。彼女は、先日のコネクテッド・シティ構想の打ち出しの後、プロジェクトチームの事務局を自ら買って出ていた。

あの公表以来、ずっと働きづめに違いない。

浜松みなみ病院は患者の個人情報の扱いに非常に慎重で、通院にＭａａＳを使う人の情報が絶対に外に洩れないように細心の注意を払ってくれと申し入れてきている。

そもそも、金融分野以外に特段の事業遂行能力を持たない地域の銀行があのようなプロジェクトを主体的に進めていくということには無理があるんじゃないだろうか。

ぼくは夏美のことが急にひどく心配になった。

思わず内線電話をかける。

「大丈夫。確かにやることはいっぱいあるけれど、でもすごく前向きな仕事でしょ。銀行員なのに未来のまちづくりを先導するなんてダイナミックじゃない」

聞こえてきた夏美の声は意外に元気で明るかった。

（さすがだな。すごく高いハードルが目の前にあっても全くめげないや。ぼくは、ちょっとフィンテックファンドに携わっただけで早くもバテてきている。手に持った二丁拳銃が泣くぜ）

わけのわからない言い訳をつくろって、ぼくは自分の身体にカツを入れた。

4

九月の二週目に入り経営会議が開かれた。

「ここからは、攻めに転じます」

朝月クイーンが宣言し、浅沼会長が大きくうなずいた。

（すわ、金利競争を仕掛けるのか？）

会議室が一瞬緊張の渦に巻き込まれたが、朝月クイーンが語ったのは、別の戦略だった。

「これからは、銀行が自ら事業を実施する時代になります。当面は金融当局の緩和の状況を見ながらですが、投資子会社を通じて積極的に事業の幅を広げます。まずは、不動産関連や人材派遣などですが、すでにＡＩやＭａａＳなどのプロジェクトにも参画しており、この先は新たな街づくりなど自治体とも連携しながら、地域に求められる事業を積極的に展開していきます」

ぼくは納得した。うみはま銀行が、コネクテッド・シティの推進母体になることは、大きな戦略に基づいた転換点なんだ。そして、地方銀行が、安全第一を旗印に安住していた受け身の金融業ではなく、積極的に自らビジネスを創造する事業者になろうとする第一歩を踏み出すということなんだ。もちろん、そのためには今まで以上にリスクマネジメントを強化しなければいけないし、そのためのガバナンスが重要となる。ただ単に間違いをしないのではなく、許容できるリスクを取っていく高度な判断と度量を求められる。

（危険物取扱業って言ってるだけじゃ、ダメなんだ）

ぼくは、急に胸の中のもやもやが解消されていくような晴れ晴れとした気持ちになった。


九月の連休の中日に、小早川代理夫妻に誘われて、浜名湖の西に連なる湖西《こさい》連峰にハイキングに行った。青山夏美や吹石さんも一緒だ。審査部の大島君を誘ったら喜んで参加してくれた。

神石山《かみいしやま》という標高三百メートルぐらいの山の頂に展望台があった。良く晴れた空のもと、眼下の浜名湖の先に青く太平洋が広がっている。目を東の方に向けるとくっきりと富士山が見えた。

「先輩、実は、浜名トラック販売の宇佐美りささんと、その後付き合っています」

さりげなく近づいてきた大島君の報告に、ぼくはえくぼの可愛いネット販売課長さんを思い浮かべた。そういえば、大島君は会った直後に「素敵ですね」を連発していたっけ。

（そういうアンタはどうなのよ？）

厳しい姉からは、すぐに叱咤激励されそうだが、幸い今ここに姉はいない。と思ったら、小早川代理に声を掛けられた。

「星沢君て、紳士って言うか、超のつく草食男子ね」

（え、聖母マリアの小早川さんが、そんなこと言うなんて）

ぼくは、びっくりして聞き返した。

「あの、やはりマズイでしょうか？」

小早川代理は、モナリザのような美しい微笑を浮かべて言った。

「全然。それが星沢君の持ち味だからね。でも、女子には物足りないかもね」

そう言って、夏美の方を見た。

「あ、彼女だめです。だって東京にイケメン医師の彼氏がいて、付き合ってるって聞いてますから」

小早川代理は、軽く首を横に振った。

「それ、彼女から聞いたの？　私は、そんなこと聞いてないけど」

ぼくは、いつになく積極的な小早川代理の発言に驚いた。

「ちなみにラガーマンのご主人とはどこで知り合ったんですか？」

ぼくが慌てて話題を変えると、小早川代理は珍しく声を出して笑った。

「彼とは大学の同級生。と言っても学部は違うし、サークルも違うから接点はなかったの。入学してすぐに県出身者の集まりがあるって同じ高校から進学した子に誘われて、それで出席したら、彼がいた」

「すぐにお付き合いを始めたんですか?」

「それが、私、彼のこと、あまり関心なくて。そうしたら、彼が友達を介して私の連絡先を調べてきて、後は連日付き合って下さいとトライされまくり。それが二年間続いた」

(あれ、のろけ話を聞かされているのかな?)

「でも、それぐらいトライされたら、この人と付き合って結婚したら幸せになるかもしれない、と思い始めた。それがきっかけかな」

小早川代理は、そう言うと軽く手を振って、ご主人とじゃれて遊んでいる二人の小さなお子さんの方に歩いていった。

大島君が、吹石さんと談笑している。その隣に立っていた青山夏美がこちらの方をちらりと見た。ぼくは、目で合図して夏美の方に近づいていった。

「いろいろとお疲れ様」

ぼくが声をかけると夏美は笑顔で応えた。

「星沢君こそ。フィンテックファンド、大変だったでしょ」

「うん。でもすごく勉強になった。ＡＩの画像診断の話なんて、驚くような発見の連続でとてもエキサイティングだった」

「あの案件、星沢君が発掘したんでしょ。すごいと思った」

「ぼくだけじゃないよ、いろんな人に助けてもらった。チームワークのおかげかな。銀行の中だけじゃなくて、地域全体の」

夏美が深くうなずいた。

「チームワーク。そうだよね。街づくりも地域全体のチームワークがとても大切」

ぼくは、思い切って誘ってみた。

「ね、今度海を見に行かない。二人で」

「海、いいよ。じゃあ、連絡待ってる」

ぼくは、夏美の弾んだ声を聞いてすごくうれしくなった。こんなにうれしくなったのって本当に久しぶりだ。

第十章　エピローグ

1

十月になった。夏の暑さが去り、気持ちのいい秋晴れが続いている。

中日本銀行の会長が、浅沼会長を訪ねてくることになった。一色常務と細川室長が同席するとのことだ。うみはま銀行の行員全員が、どんな話し合いになるか、かたずをのんで見守っていた。

面談は三十分ほどで終わったようだ。しばらくして細川室長が席に戻ってきた。

「手打ちだったよ」

室長が上条仙人にぼそっと話した。小早川代理が立って二人の会話を聞きに行った。ぼくは、息を殺して室長の声に耳を傾けた。

「ＴＯＢは取り下げるって。もちろん株価はもう三百円近いから成立しないのだけれど、三度目の延長はせずに提案を撤回するそうだ。お騒がせして申し訳なかった、と詫びを言っていた。それで、これまでのことは水に流して、改めて中日本銀行と富士山銀行とうみはま銀行の三行で中部圏の地銀として広域連携を組んでくれないか、と申し入れをされた。うちの銀行の新しい経営モデルに目を開かれた、とも語っていた。吸収合併ではなくて、対等の業務提携となる」

「大山鳴動して鼠一匹といった感じですね」

上条仙人が言うと、細川室長は、低い声で笑った。

「全くだね。そのネズミが、猫を噛んだわけだ」

「ま、一段落して、また新たなステージに向かうということですかね」

「そう。もう動き出したから、止まるわけにはいかないからね」

ぼくは、ひとまずほっと胸をなでおろした。猫の話が出たので、急にビッキーを思い出した。白猫のビッキーは、今度もこの銀行に幸運を呼び込んでくれたようだ。

最近音沙汰のなかった原口からメールが来た。

彼は、この十月に経営企画部を出て、浜松市内では最も北にあって山間部に近い天竜支店の営業課に係長として配属された。最初は少し落ち込んだように見えたが、あっという間に現地に馴染んで「ここ、居心地いいんだよね」と明るい口調で周りに話していると同期の誰かから聞いた。

彼から届いたメールに添付されていたのは、財界セントラルのゴシップ記事だった。

『中日本銀行の経営陣に内紛か』

「中日本銀行の副頭取を九月末で退任した桐島和人氏については、解任されたという事実が明らかになった。同氏は中日本銀行の統合設立に伴う一連の改革の中で、人件費圧縮を目指して、行員の五割削減を目標に掲げ、大規模なリストラを断行する構えだった。しかし、極端な削減策として行内に反対の声が強くなり、九月に開かれた取締役会で突然副頭取を解任された。同氏はこれを不服として九月末で同行の取締役を辞任している。業界関係者の話では、早ければ年内にも大手外資系コンサルティング会社の幹部に招かれて引き続き地銀の再編に取り組むのではと取り沙汰されている」

原口からは、特段のコメントはなく、広報部の知り合いから送られてきたから、お前にも送るわ、と書いてあった。

なお、追伸として、審査部の白木がうみはま銀行を辞めて、中日本総研という中日本銀行系のシンクタンクに転職すると記されていた。リニア中央新幹線を活用した中部圏の経済活性化策をとりまとめるスタッフに採用されたという。

（白木は、結局中日本銀行グループに行くのか。まあ、彼は勉強家だし、どこに行っても通用するだろうな。それに、名古屋は彼にとっては旧知の土地だからな）

ぼくは、僅かな感傷を胸に、原口に短いお礼のメールを打った。


ほぼ一年ぶりに花村頭取が銀行に戻ってきた。部店長会議で挨拶することになり、ぼくは事務局席の一番端で聞くことができた。

「銀行の一番大事なときに戦線を離脱してしまい、大変申し訳なかった。先週退院し、昨日から出社している。ご心配をおかけしたが、医者からは定期的な検査は欠かせないが、もう大丈夫だろうと言われている。役職員一丸となって昨今の難局を乗り切られたことを大変誇りに思うとともに心から感謝申し上げたい。私も及ばずながら全力を傾けて当行の経営改革に取り組んでいきたい」

短いが力のこもった挨拶だった。

「思ったよりも元気そうですね」

役員が退席するのを見送りながら、隣の小早川代理にささやいた。

「リンパ節から肺に転移したらしいけど、新しい治療法がうまく効いたそうよ。それに、ＡＩの診断で肺への転移が早い段階でわかったので治療の効果を高めることができたんですって」

小早川代理はそう言って微笑んだ。

「え、肺がんのＡＩ画像診断ですか？」

「そうみたい。星沢君は、銀行だけじゃなくて頭取の命も救ったってこと」

（それは大げさだな。でも、うれしいな。銀行のつくったファンドが出したお金がいろんな人のために役立っている）

ぼくは、麻衣子先生とそのご主人にお礼を伝えようとスマホに目を落とした。

2

「朝月アドバイザーは、銀行を辞められたのですか？」

花村頭取復帰の翌日、ぼくは朝月クイーンが浜松を離れて羽田に向かったと行内の噂で聞いて、細川室長に確かめた。

「ああ、もう退任された。昨日役員室を挨拶して回っていた」

ぼくは、一緒にインタビューに行ったほかは、経営会議や本ガススポーツのプールでその姿を見ただけだけど、なにかすごく寂しい気がした。

「ちなみに朝月さんの持っていた銀行の株式はどうなりましたか？」

「あれは全株を銀行が時価で買い取ったよ」

「彼女、百五十円で買って、三百円で売ったから、相当なキャピタルゲインだね」

隣から上条仙人が口を挟んだ。

「相当って？」

「ファンドの分も含めると五億円ぐらいの儲けかな。もっとも、それが彼女のアドバイザリー報酬だからね。つまりストックオプションだね」

上条仙人は、楽しそうに話した。

「実質半年で五億円をゲットしたわけですか」

ぼくはのけ反りそうになって裏返った声を出した。

（やっぱり朝月クイーンはすごいや。儲けもさすがだけれど、経営に対するセンスも凄まじい。彼

女がいなかったらこの銀行はどうなっていたかわからなかった）

「彼女、シンガポールでモルディブ行きの飛行機に乗り換えて、今頃ファーストクラスでドンペリとか飲んでくつろいでいるかもね。豪華クルーザー借り切って、熱帯の魚たちに囲まれてしばらくはのんびり過ごしたいと言っていたから」

（あのトロピカルな花柄の水着でマンタと泳いでいるのかな。ぼくは到底かなわないや）

「ところで、私も今日で失礼します」

「え、上条さんも辞めちゃうの？」

ぼくは驚いて聞き返した。

「そ。また、さすらいの旅に出る」

「せっかくだから、もっと浜松にいたらいいじゃないですか。まだ契約期間の残り、半年以上ありますよね」

小早川代理が慌ててデスクから立ち上がってきて、話の輪に加わった。

「それも考えたんだけどね。私も久しぶりにインドに行って師匠に会ってもう一度アーユルヴェーダの修行をしたくなった」

「え、いきなりそんな遠くに行ってしまうのですか」

ぼくは、しばらく絶句してしまった。しかし、上条仙人の決意は固く定まっているようだった。

3

中田島砂丘の砂の上を二人で歩いている。

十月も終わりというのに、初夏のような透き通った陽光が青く澄んだ空から降り注いでいる。

サクッサクッと砂を踏みしめる音が交互に聞こえる。靴に砂が入るので、脱いで裸足になった。彼女も、手にサンダルを持っている。

砂の上に風がつくった砂紋が広がっている。等高線のように規則正しく刻まれた曲線の上に二人の足跡が刻まれていく。

小高い砂の丘を登りきると、さわやかな風が心地よく頰に当たった。濃厚な潮の香がする。

目の前に青い大海原が現れた。太平洋だ。波が大きく盛り上がり、音を立てて崩れ落ちる。白い泡を吹きながら足元に打ち寄せて、静かに引いていく。

「海って好きだな」

「こんなに近くに海があるのに、ここに来るの、本当に久しぶり」

隣で青山夏美が海を見ている。昔、いつだったか、二人で海を見たことがあった気がする。

「小学校に入って、春の遠足でここに来たの、覚えている?」

ぼくは振り返って夏美に尋ねた。

「あ、覚えている。毎年桜が散って新緑が始まる頃に来ていた」

「その時、一緒に海を見たっけ?」

「覚えてない。でも、確か中学生の時も一度来た。浜辺でクラス対抗のムカデ競争とかやった思い出がある。その後、みんなで海を見て将来どんな大人になるか祈ったのを覚えている」

ぼくは、ゆっくりと記憶を探った。

「その時、銀行員になるって、祈った?」

「ううん、祈ってないと思う。でも、星沢君は、将来は銀行員になるって、中学の文集に書いていた」

「え、そうだったっけ？」

「私、ちゃんとチェックしていた。ふーん、銀行員なんだって」

ザブンと大きな波が来て、ぼくたちは慌てて後ずさった。

「不思議だね。二人で銀行員になって、またここに海を見に来ている」

「ほんと、不思議。でも、今回のこと、もしうまくいかなかったら、私、銀行を辞めようと思っていた」

「え、辞めてどうするの？」

「どこか海の向こうの遠い国に行って、全く経験のないことを学んで、なにか新しいことを始めようかと思っていた」

「すごい夢だね。ぼくは、そんなこと思いもよらない」

「でも、銀行にいても新しいことができるんだってわかった。だから、辞めない」

ぼくは、夏美の強い思いを感じた。

「夏美って偉いな。昔から、そう思っていた」

夏美が振り向いて首を振った。

「そんなことないよ。私、昔から星沢君のこと尊敬していた。みんなのこと、いつも気遣っていて、すごく優しく接してくれるって。だから、修学旅行の時も、一緒に京都に行こうってグループ作り誘ったじゃない」

（え、あれは、あぶれそうなぼくのチームをかわいそうだから救ってくれたと思っていた）

「ありがとう。これからも、よろしく」

ぼくは、手を伸ばした。そして、夏美の伸ばした白くてしなやかな手を固く握りしめた。

夏美も「うん」とうなずいて、握った手の指に力を込めた。

「この温かくて柔らかい手、放したくないな」

「放さなくていいよ。ずっと」

ぼくは、夏美の前に立った。

「本当に？　じゃあ、一生放さないよ。これからも、ずっとずうっとよろしく」

「こちらこそ、どうぞよろしくお願いします」

ぼくの目の前に夏美の黒い瞳が輝いていた。いつかこんなことが起きればいいと、小学生の頃から願っていた。それが今現実になった。ぼくは、飛び上がりたくなるくらいうれしくて心が弾んで沸騰するほど感激していた。

4

うみはま銀行は、中日本銀行と富士山銀行と業務提携を進めることになった。一方で、まつしろ信用金庫との提携関係も強化している。

ぼくは、小早川代理の指導のもと、ＡＩフィンテックファンドの運営を手伝いながら、この業務提携の具体化の仕事に取り組んでいる。

あの一緒に海を見た日から、青山夏美とは本当に心が通い合った気がする。小さい子供の頃から知り合っていたのに、ほんの一瞬で二人の気持ちが一つになった。ぼくは、あの日の感激を一生忘れないだろう。

うみはま銀行の経営のことや地方銀行を取り巻く環境の変化、そして銀行の仕事の中身がどんな風に変わっていくのか、それらは、まだぼくにはわからないことだらけだ。

でも、朝月クイーンや上条仙人がぼくたちに教えてくれたことは、しっかりと胸に刻んで残っている。

銀行は、もはや単なる危険物取扱業じゃない。もちろんリスクをきちんと見る目は必要だけれど、もっと柔軟で変化に富んで、いろいろなことに挑戦できる仕事であるはずだし、そうでなければ生き残れない。そして、地域のさまざまなステークホルダーとのチームワーク、この絆を大切に強めていければ、社会にますます不可欠な存在として認められていくと思う。

地域の人々にとってなにが必要か、なにができるかを常に考えて、どんどん変わっていく役に立つ存在でいることが求められている。それには、ぼくたち一人ひとりが感性を磨き、知見を広げ、経験を積むことを繰り返していくしかない。

ぼくは、「もっともっと頑張ります」と本棚に鎮座する五歳の時にもらった白猫ビッキーに今日も誓う。そして、うみはま銀行で働けることを誇りに思うとともに、そのきっかけを与えてくれたビッキーに心から感謝している。

ぼくは、今日も地域に根差したオンリーワンの銀行を一歩一歩築くために仕事に出かけていく。輝かしい未来に向かって、素敵な仲間と力を合わせて、素晴らしい銀行をこの手で創り上げることを祈って。

（了）

［著者略歴］

山本貴之（やまもと　たかゆき）

1959年静岡県浜松市生まれ。東京大学法学部卒業、米国ジョージタウン大学法律大学院修士課程（LLM）修了。銀行役員として国内外のM&Aアドバイザリー業務を統括した後、コンサルティング会社社長としてAI、フィンテックを活用した金融の活性化策について調査提言をとりまとめる。現在は空港会社役員。著書に『M&A神アドバイザーズ』（第5回エネルギーフォーラム小説賞受賞）、『M&Aアドバイザー』（エネルギーフォーラム刊）などがある。

金融再生請負人　フィンテックバンカー奮闘記

2021年8月24日　第1刷発行

著　者　山本貴之
発行者　加藤一浩
発行所　株式会社きんざい
〒160-8520　東京都新宿区南元町19
電話　03-3355-1770（編集）
03-3358-2891（販売）
URL　https：//www.kinzai.jp/

デザイン　松田行正＋杉本聖士
印　刷　三松堂株式会社

ISBN978-4-322-13983-9